誰比我愛我
So you're the one.
作——夢若妍
繪——jond-D
妳要，
像愛他一樣愛我。

# 目錄

# 【第一章】櫥窗裡的

胡巧巧的人生比較簡單。

知名大學商設系碩班第一名畢業，畢業第一年進入前景看好的設計公司，公司內的大小事，連同與主管同事間的人際關係，沒一個難得倒胡巧巧。

胡巧巧的人生，每一天都像在檢核表上打勾。

然後這一年，巧巧來到了二十九歲。

一直是公司內人見人愛的高材生的她，碰上了隔壁桌新來的同事。

「哦，你就是經理提過的新同仁吧，我聽說你叫姚夏城？真好，好文藝的名字啊。還有，你為什麼不穿鞋啊？」

雙腳只裹著一雙鐵灰色襪子，面無表情的夏城沒有答話。

三秒鐘過去，坐在辦公桌前的胡巧巧覺得有些尷尬了，卻仍抿出一弧無懈可擊的完美微笑。

「好吧，不穿鞋也可以啦，拿在手上也很潮。我還沒自我介紹吧，不好意思。你好，我是胡巧巧。叫我巧巧就可以了。工作上有什麼需要幫忙的地方都可以問我喔。」

然後夏城看著巧巧，輕輕地頷首。

「謝謝。但我可能不需要。」

巧巧停頓一秒。

然後她唸出了兩個哈字。

「哈哈。這樣啊。」

夏城點點頭，面色平淡地把不知何故一直拎在手上的皮鞋穿上，開始設定自己桌上的電腦。

巧巧第一次不知道怎麼把話題繼續下去，只好微笑看回自己桌上的文件。

**咦？**

她的腦子只出現這麼一個字，附加一個問號。

胡巧巧的人生比較簡單。

可是這個人好難。

兩週後，胡巧巧在公司樓下的麵包店裡，遇上了較早下班的姚夏城。

巧巧看見夏城眉頭緊皺地盯著櫥窗裡的蛋糕打量，一動不動的模樣像是一尊雕像，想起這些天同事們背地裡形容的這個人——

**三十二歲**。**高智商**。**怪人**。**沒禮貌**。**但有帥**。

這是首先像打字機一樣打進她腦海的五個 Hashtags。

也就是說，夏城大了她三歲，老一輩的人說差三歲容易吵架，雖然巧巧覺得不管夏城跟大家差幾歲都一樣。

夏城還在盯著櫥窗裡的蛋糕，蛋糕櫃的鵝黃光線映得夏城鼻梁潤順，眼眸明亮，唇形起伏明顯的輪廓竟有些引人遐想，他的黑色短髮乾淨俐落，雙眼漆黑沉靜。他的肩膀寬厚，身高頎長，此時撐起一件黑色立領及膝的大衣確實是帥得一塌糊塗，黑色高領毛衣搭配包裹著一雙長腿的規矩牛仔褲，品味良好。

巧巧站在那裡，觀察得入神。

「巧巧？」

身後忽然有人呼喚，巧巧轉身，只見一位身穿整套西服的熟齡男子溫著眼神垂視著她。

啊。

她認得這一副眼神。

「嗨。」她不明顯地頓滯了下，不著痕跡地漾開笑靨。「好久不見。」

男子薄薄的嘴脣抿出一弧笑，視線炙熱。巧巧順勢別開了眼，隻手將一側長髮勾上耳後，手掌蓋上一側脖頸。

男子審視了下她這副模樣，眼底忽地深沉，傾身湊上了巧巧露出的耳。

他緩緩啟口——

「說好的，該兌現了。」

突如其來的一句話，讓巧巧一下子不得動彈地僵直了背脊。

當男子直起身回到正常的社交距離，巧巧臉上的笑容已經消失，脣色已經發白。

「怎麼了？這是誰？」

頓時間，本在蛋糕櫃前的夏城已經來到巧巧身邊問出這麼一句，隻手摟上巧巧的肩。夏城握在她肩上的手掌忽地用了點力，巧巧倏地回神。

「哦、沒有。沒事。」巧巧一如既往地咧齒笑了。她穩住情緒，彎著雙眼介紹起面前的男子：「這是我以前的一個客戶，我以前幫他的公司設計主視覺。」

「是嗎？真巧。」平日淡漠的夏城罕見地揚起嘴角，姿態大方地朝男子伸出一隻手。「幸會。」

男子暗怔了下，立刻握上夏城的手，有禮地頷首。「幸會。您是？」

巧巧立刻替夏城回答：「我男朋友。」

胡巧巧的迅猛反應讓夏城下意識嗤笑。

「哎，被搶答了。」夏城慵懶地笑道，將她摟得更加緊密。

巧巧望上站在自己身旁的人，一瞬間就震驚了。那痞懶的神情與平時的夏城判若兩人，卻同樣帶著一股難以忽視的自信。這一刻的夏城撩起一側脣尾，模樣竟有些邪惑。

巧巧睜圓了眸子，又轉瞬整理好神色。瞅回男子的時候，已經有了底氣。她鎮靜地笑開眉眼。「我們等等還有行程，下次聊吧。」

男子提高眉梢停頓一秒，淡淡地笑。「好，下次。」然而他的眼神卻不像笑容那般清淡。
巧巧立刻別開了眼，反射性地湊近夏城。
男子見狀沒有多作停留，轉身離開，麵包店門上的鈴鐺清脆作響。
夏城登時恢復成毫無表情的臉，低頭看向湊在自己身邊的人。
只見巧巧明顯鬆了口氣，抬起臉對夏城道謝：「謝謝你啊。抱歉讓你陪我演戲，我知道你的個性直來直往，不說謊的。我請你吃個麵包答謝你吧。」
「不用。」
「欸，你這樣不行。你真的該學學人際相處，不然在社會上會很辛苦。這時候通常只要說謝謝就可以了，或是不用這麼客氣，之類的。隨便挑一句都比較好。」
巧巧語氣飛揚地笑著指導，化著典雅妝容的笑彎的眼眸，在燈光下像是吃進星子。
夏城垂眸盯著她的臉，就像盯著櫥窗裡的蛋糕。
「我是說，妳沒必要答謝我。」他平靜地說：「反正我也沒有說謊。」
「咦？」
這一次，巧巧把心裡的那個字附加問號發出聲了。

——您是？

——我男朋友。

——哎，被搶答了。

**咦？**

胡巧巧自那一天開始，一碰上夏城就心神不寧。

已經過了一週，這一週以來，夏城都像沒事人一樣，照樣用著超越常理的效率工作著，偶爾與巧巧對上視線，也相當自然地用一貫沒有表情的臉微幅頷首。反倒是巧巧，總是面容僵硬地彎起嘴角，再不自然地看回電腦敲擊滑鼠。

這一天午後，剛從茶水間捧回一杯熱奶茶的巧巧終於鼓起了勇氣。她坐回座位，深呼吸，瞅向坐在一旁的夏城，夏城感受到視線，同樣瞅了回去。

巧巧一手蓋上自己的一側脖頸，終於開口：「那個、那天……」

「妳在焦慮？」

「什麼？」

「沒事。」

吭？

巧巧愣了。

「我說，你是不是有點通靈的能力？」

巧巧問，夏城想了一下，搖頭。

「沒有。」夏城緊接著問：「麵包店遇到的那個人又找妳了？」

吭？

「什麼？沒有啊。怎麼會這麼問？」

夏城又想了一下，搖頭。

「沒有。」

怪人。

巧巧心裡覺得奇怪，下秒也就慶幸話題帶到了這裡。她順著話題問：「說到這個。關於那天，你說你也沒有說謊，那是什麼意思？」

夏城聽著，眉間竟明顯地起了個皺褶。

巧巧不知道那皺褶代表困惑還是什麼含意，巧巧也皺眉了，代表困惑。

他倆就這麼蹙眉對視了半晌。

夏城說：「我那天只有說被搶答了。沒說錯什麼吧。」

巧巧回想了一下。

——您是？

——我男朋友。

——哎，被搶答了。

她捧著奶茶的手抖了一下，熱奶茶灑出來，潑得她粉色的長裙上一塊褐色的茶漬緩緩暈染開。

對呀。

說他是男朋友的人不是他，**是我呀！**

巧巧睜大眼。

夏城看著巧巧的神情變化，不下一秒就猜忖到了個大概，不由得彎起一側嘴角，傾身湊近了巧巧的臉。

巧巧顫著手指，握緊了杯耳。

兩張姣好的臉蛋近在咫尺，夏城的吐息吁散在她的臉上，令她搔癢難耐，卻動彈不得。

「我只說被搶答了，沒說妳說對了。」夏城厚重質感的嗓音彷彿帶著粗糙的砂糖。他提高眉梢注視著巧巧，罕見地微笑。「怎麼了？失望？」

巧巧覺得自己要原地爆炸了。

她立刻戴起笑容，唸出哈哈哈哈。

「哈哈哈哈。」那沒有靈魂的笑聲音量巨大，她握著杯子倏地站起身，奶茶又濺溼了她的手。她高八度音地說：「你說什麼呢，你這高智商的人邏輯好奇怪啊，哈哈哈哈。」

她木偶般空洞的棒讀笑聲引來辦公室裡其他同事的側目，然而她只是笑臉燦爛，單手拍拍自己沾上奶茶的裙襬。

「我去廁所處理一下裙子哈。等一下再聊。」

接著她將白色瓷杯放上辦公桌，抬頭挺胸地轉身踩著米白色短靴走向女廁。那背影是那麼一貫的時尚自信，臉上是一貫帶點親切感的笑靨。

同事們眼看似乎沒出什麼值得八卦的大事，也就紛紛做回自己的事務。

唯有夏城，直至巧巧拐彎步入女廁、砰的一聲將門關上，夏城這才嗤出短促的笑聲，收回了目光。

而同一時間的巧巧在女廁裡看著鏡中的自己，瞬間卸下臉上的笑容。

她的臉像是燒灼起來，她連忙轉身查看一間間隔間，在確定女廁裡沒其他人的那一秒，立刻就捂臉蹲下了。

「丟死人了，王八蛋！」

巧巧罵出聲來，滿腦子都是夏城如何湊近自己，又如何沉沉地對她說話，方才的景象，氣味，他的氣味——

巧巧的胸口燥熱起來，心臟不受控得像要從她發顫的嘴裡跳出來。這不像她。

她試圖恢復一貫的遊刃有餘。深呼吸，對，深呼吸。

巧巧把臉從手掌裡抬起來，閉著眼睛呼吸，吐氣，雙手拍拍自己依然很紅的臉頰。沒事，對，沒事。

「我好丟臉，哈哈。」

胡巧巧對自己說，好丟臉啊，胡巧巧，一定是因為會錯意太丟臉了，所以才臉紅心跳。

她雙手對著自己燒燙的臉蛋搧搧風。

「那個……」

身後傳來一道女聲，巧巧回頭只見一位資淺許多的女同事站在門邊，進也不是退也不是。

「還是我等一下再進來……」
那人遲疑地問。
胡巧巧轉瞬掛上她招牌的微笑，優雅地緩緩站起。她單手順著自己的裙，沉聲說道：「進來。」
對方背脊一悚。
不知道為什麼胡前輩說的好像不是進來，而是妳剛剛什麼都沒看到妳給我注意一點。

夏城認為人的臉是一項相當奇妙的設定。
老天爺讓人類低頭就看得見自己的身體，卻看不見自己的臉。當人們還不知道鏡子的功用時，人是如何知道自己有著什麼樣的容顏，或者，怎麼知道此時此刻的自己正用著什麼樣的表情對應人群呢？在那個時候，所有的合不合宜，可能都不存在。
夏城有一個姊姊。

姊姊自小就沒有太多表情。小的時候，夏城的朋友到家裡玩，總說他的姊姊沒有表情非常嚇人，像是沒有生命的東西。

內向的小夏城想要維護姊姊，卻又不想被排擠，於是他當時說出的是：「如果你們是說醫學上的屍體現象，確實人類死後首先就是面部表情喪失，瞳孔放大，然後肌肉鬆弛，但是也有例外，也有一些屍體不發生這種肌肉鬆弛現象，像是屍體痙攣……」

然後他發現坐在他房間裡的小朋友全皺眉望著他，他就住口了。

那一天開始，他發現他說不出迎合大家的話，每當他想要保持中立而不帶有自己真正的想法，他就會突然科普起來。

「姚夏城？」

「對啊，設計部新來的人。很萬能的一個男生，什麼都會，可是很怪。我前幾天問他支持公司下午茶買甜甜圈還是鬆餅，結果他面無表情地開始跟我解說碳水化合物。」

「啊，我知道。大家都說他是個怪人，而且高高在上的樣子。」

「上次還在會議上當眾揪出法務部新擬的合約問題，完全不給人面子。」

「可能要大家覺得他很厲害吧？有點賣弄了。」

「就是啊。」

「哦，巧巧！來得正好！我們正在討論坐在妳旁邊的怪人。這段時間也真辛苦妳了，他很難相處吧！」

「怎麼會？不難相處啦，他很熱心啊。這邊應該有人知道吧，之前要不是因為夏城出手相救，有人就要 fade out 了。他昨天才幫你們網工部修復一個客戶網站的資安漏洞不是嗎？」

「昨天是多虧他了啦，可是……」

「可是難理解倒是真的。他這人不難相處，但是很難理解，腦容量應該是正常人的兩倍。嚇死我了。」

胡巧巧含笑的聲線清朗，她在公司二樓的茶水間說出這句話，引來茶水間裡另外兩位網路工程部的同仁一陣笑聲。

夏城這才知曉辦公座位鄰座的胡巧巧很明白如何將自己擺得中立妥當，顯得大氣又不被貼上太多標籤，並且擅長在幽默當中用上一些真實的感受，讓人不覺虛偽。

這是當時站在茶水間隔壁的影印室裡的夏城所佩服的。

一牆之隔，隔音太差。

他上前摸了摸牆面，覺得有必要瞭解一下這種不紮實的建築結構。他喜歡學習新知。

姚夏城並且在那一刻學到了一件事，是他小的時候所不能理解的。

當人們還不知道鏡子的功用時，另一張面孔會根據這一張面孔的神色，做出相應的回應，這一張面孔便得以明白自己表達了些什麼，這就像將詮釋自我的權力遞交出去。於是人是透過他人的眼睛，來看見自己的表情合不合宜。

夏城心想。

興許說話，也是一樣的。

人是透過他人的反應，來得知自己說出的話語好，或不好。

他人就像一面鏡子。

當天下午，夏城把理應花費三天做完的設計草案在三小時內完工的時候，他坐在電腦前，瞥見鄰座的胡巧巧向他們的經理禮貌地頷首微笑。經理只是路過。

「五點五分。」

「什麼？」巧巧問向突然出言的夏城。「什麼五點五分？你的設計草案等一下五點五分就可以做好嗎？」
「不是，草案我已經做好了。」
「你已經……吭？」
胡巧巧看了一眼手錶，隨而聽見夏城相當認真的解釋。
「我說妳今天的假笑，只有五點五分。」
巧巧聽著臉一僵，立刻EQ上線，整理面色打趣地說道：「哦，滿分十分那也還有過半呀。」
夏城沒有表情地搖頭。「滿分一百分。」
窗外的日光灑落，在辦公室窗邊的夏城逆著光。迎著光的巧巧收起笑容瞪著逆著光的人。
夏城不知道為什麼胡巧巧要這樣瞪他，他只是在陳述事實而已。他人就像一面鏡子。他可能又講出了什麼不好的話，鏡子裡的女孩才會這樣瞪他。
可當夏城看著胡巧巧紅撲撲的臉蛋迎著光，明亮的瞪眼一掃她平時的客套，那分明是在生氣的臉，卻讓他覺得比起她的假笑，更好看了一點。
夏城嘴角微揚。

當天，夏城在公司樓下的麵包店挑選蛋糕的時候，遇到了晚他一些下班的胡巧巧。

她炯炯圓滾的眼眸微揚，總是略翹的唇尾招人喜愛，尖小的下巴與好氣色的臉頰讓她平易近人中帶點嫵媚。髮型是時下流行的短在眉上一公分的平瀏海，黑色長長的直髮柔順及腰。

姚夏城在站到了她身邊的時候估算了一下她的身高，目測比自己矮了十五公分，換算起來就是一百六十八公分了，這讓夏城有點滿意。

他第一次困惑自己的感知，一個女生比自己矮一些有什麼好開心。

「我男朋友。」

他也是第一次困惑，一個女生當眾胡謅他是個男朋友，為什麼自己會有點得意。

# 【第二章】盲袋裡的

夏城第一次遇見胡巧巧，其實並不是在辦公室裡。

當夏城第一天來到新任職的公司報到，清晨落座的時候，一位男性經理為他介紹了公司環境。

「稍微跟你介紹一下，我們公司業務跨足網頁視覺、平面媒體設計，甚至商品設計與打樣開發、網站維運、行銷推廣，都是提供的服務範疇，不是我在吹，我們公司前景是真的好，客源又穩定，完全不用擔心。」

經理笑得魚尾紋迸發，指向了夏城身旁的空座位繼續說道：

「對了，你隔壁桌的同事跟你一樣是設計部的同仁，她叫胡巧巧，很友善的一個人。今天上午她剛好補休，下午才會上班，到時候可以好好認識一下，工作上互相協助。」

夏城聽著點點頭，一臉木然。

中午的午餐時間，夏城徒步走到公司附近的日本料理店，第一天上班，他想吃點好的，作為一個好的開始。

半晌，付完飯錢，定食上桌的時候，他發現一位面容清秀的長髮女子坐在店內角落的單人座。

女子以幾近蜷縮的姿態靠在木質鑲紙的窗邊，一手捧著手機，一手機械式地握著筷子進食。

這樣的冬季，她穿著白色寬大的高領毛衣，毛衣下襬露出一截恰到好處的白色毛呢短裙，搭配的米色長靴裡是一雙纖細裹著黑色褲襪的雙腿。

視線晃回她的臉。

夏城看見她的眼睛彷彿閃著光芒，嘴角上揚的角度自然。然而當一位服務生走到她身邊詢問是否需要加茶水時，女子的眼神與笑容立刻化作相當公版的模樣，用著官方語氣說著：「不用了，謝謝您。辛苦了。」

接著三個女生走進了店裡，看見角落裡的女子時似乎很驚喜，一個個上前向她打了招呼。夏城看見女子立刻將手機螢幕朝下蓋在了桌上，動作之快，在常人眼中就像一種無意識的舉止，夏城卻覺得並不是。

「好巧！妳也來這裡吃飯啊！妳今天不是休假嗎？」

「哦，我只有上午補休，等等下午還要到班，就先來附近吃飯了。」

「哇，可惜，妳都快吃完了。還是妳來跟我們併桌一起聊天，等一下再一起走去公司？」

「啊——好想啊。」女子一隻手摸上自己的頸邊，苦惱地笑道：「但其實我今天提早來吃飯就是要趕回公司作稿的，期限快到了，快被殺掉了。這個月是鬼月。我一個人的鬼月。」

女子的一席話引起了三位女生的笑聲。

「好吧好吧，那下次約。」

「好呀。」女子甜美地笑了，動作俐落地圍起圍巾，穿起風衣，一手收拾起皮包。「那我差不多該閃人啦。公司見喔！」

接著三位女生便熱絡地目送女子離開。

夏城立刻追了上去，也不顧上桌的飯菜一口也沒動，就是下意識地想要驗證一件事情。

她在說謊。

夏城不緊不慢地跟在女子身後約兩步遠的距離。微涼的季節裡，夏城攏緊大衣領口，前頭的女子也單手抓緊了自己脖上的大紅色圍巾，另一手由棕色的風衣口袋撈出手機。

夏城加快了些腳步，瞥見女子點開了螢幕，手機上立刻出現網路上的玩具開箱影片。夏城這時已經快要與女子並肩，他看見女子的側顏泛上一系列豐富的笑意，那雙圓滾的眼睛瞇成了彎月，塗成蜜糖色的嘴唇，揚出夏城所見過最真誠的弧線。

玩具？

夏城不著痕跡地蹙了下眉，隨著女子進了一間便利商店，女子領了兩盒小包裹，放進肩上的黑色毛絨包裡，又在走出商店時立刻蹲到了商店外邊排放的扭蛋機前。

女子查看了下周遭，隨即以驚人的氣勢連續扭了十個蛋。

她一個個扔進包裡。

至於扭到了什麼，**她看都沒看一眼**。

接著女子漾著好滿足的笑意，步伐輕盈地走向不遠處的玩具店，她在店內的貨架間兜轉了幾圈，看見架上一顆長度約三十公分、長了一撮彩色頭髮的蛋形玩具時，一下子就雙眼放光了。

「哦！新入荷！」

女子雀躍地自言自語，立刻就捧了一顆向櫃檯結帳。

她同樣把蛋給塞進包裡，此時她的包已經鼓得相當不像話。

隨後，女子背著外觀形狀已經變得非常詭譎的包包走向了公司。

夏城同樣不緩不慢地跟蹤她，這才發現她走進與自己相同的辦公大樓。女子走進電梯時還用了小跳步。

大樓僅五層樓高。

夏城為了不驚動她，選擇看電梯面板得知她抵達的樓層後，走樓梯繼續跟蹤。

面板上的數字停在了三。

好的，三樓。

夏城神態自若地走上一旁階梯，長腿一踏就是兩階兩階地走。

他一面用手機查詢剛聽見的新潮字眼。

——哦！新入荷！

手機介面出現關於「新入荷」的解釋。

新入荷，是日文新進貨品的意思，一般指新款式的上架，亦即將新產品或其款式圖片、相關資料放上店鋪銷售之意。

夏城點點頭。

這樣啊。

夏城熱愛學習新知，他收起手機。今天又學到了些什麼，太好了，今天也是充實的一天。夏城很開心，雖然他還是沒有表情。

很快的，他來到了三樓，可他沒料到他會在從二樓到三樓的樓梯間碰上那位圍著紅色圍巾的女子。

坐在臺階上的女子發現他的時候，正單手探進自己的包裡，準備拿出些什麼的動作因此頓住。樓梯間的窗扇明亮，外頭渲入的炙白日光將夏城化作了女子眼中的黑色剪影。女子看不見來人的長相，但卻仍然咧開一記相當公式化的禮貌笑靨，微幅頷首。

夏城回以點頭，快速地從旁走過。

接著夏城作勢繼續往四樓走去，女子抬頭確認已然見不著人影，這才鬆了口氣，望回包裡。

這時，夏城脫掉了皮鞋，提鞋輕著步伐走回能夠看見女子的角度。

他蹲在三樓到四樓之間的樓梯上，透過欄杆往下看著坐在那兒的女子，女子安靜卻明顯興奮地捧出長著彩色頭髮的蛋，隨而照著手機螢幕上的開箱步驟，小心翼翼地拆開包裝，壓開了蛋殼。

塑膠蛋殼裡是一只絨毛玩偶，看上去是一只粉紅色的……貓？兔子？

夏城看不明白，皺起眉頭。

「啊、獨角獸！可 i！」

獨角獸？

可什麼？可 i？

夏城覺得女子說出的話都像另一個星球的用語，這讓他感到有趣，雖然他還是沒有表情。

然後他看見女子從蛋殼裡又接連拿出了許多粉色交錯白色條紋的小紙袋。

「哦，不錯嘛，這次的盲袋很多啊，值了值了。」

盲袋？

夏城又聽見陌生的詞彙，趕緊拿出自己的手機查詢。

盲袋，是一種看不見裡面東西的袋子，裝著不同樣式的內容物，購買者在購買前並不會知曉裡頭裝著什麼樣的款式。

這樣啊。

夏城又點點頭，繼續關注下頭的狀況。

只見女子一面喃喃，一面唰啦唰啦地撕開一個個紙袋子，從裡頭捏出各式各樣的配件，舉凡串珠手鍊、假髮片，以及夏城覺得有點醜的小公仔。

「啊！這個可愛！」

可愛？

夏城沒法理解女子的審美，繼續觀察。

女子將拆封的物品連同包裝紙全給塞進包裡，再從包裡掏出一顆顆扭蛋。她細心地一顆顆壓開，笑咪咪地檢視裡頭的小物。她拎起其中一只彩繪玻璃窗款式的微縮吊飾，樓梯間映入的光線穿透那彩色半透明的小窗，在她臉上糊了一層搖晃的斑斕。

夏城單手支著下頷，注視著女子盯著微縮小窗的模樣，竟感到一瞬間安寧。

所以原來一個人的喜悅，可以只濃縮在一個安安靜靜的樓梯間裡。

夏城看著女子淡淡彎著嘴角的側臉，不經意也彎起了嘴。他看見她這時又將小型的扭蛋一個個放回殼裡收好，接著她看了下手錶，忽然慌慌張張地收拾包包就站了起來，轉身往三樓辦公樓層走。夏城立刻跟著女子，不料竟一路跟到了自己的辦公室裡。

他看見女子優雅地挺直腰桿向周圍的同事打了招呼，舉手投足的大方氣質，與之前蜷縮在角落享受的慵懶形象大相逕庭。

接著，女子坐到了夏城辦公座位旁的位置。

夏城沒料到這種巧合，他拎著他的皮鞋，一雙裹著鐵灰色厚襪子的雙腳走了過去，在他的座位上落座。

女子注意到他的出現，沒認出他就是樓梯間的那一抹逆光的身影，於是只輕巧地對他問好。

「哦，你就是經理提過的新同仁吧，我聽說你叫姚夏城？真好，好文藝的名字啊。還有，你為什麼不穿鞋啊？」

女子盯著夏城手裡的皮鞋問。夏城不知道從哪裡開始解釋，索性沒答話。

「好吧，不穿鞋也可以啦，拿在手上也很潮。」女子笑開眉眼，微笑道：「我還沒自我介紹吧，不好意思。你好，我是胡巧巧。叫我巧巧就可以了。工作上有什麼需要幫忙的地方都可以問我喔。」

而夏城只是看著巧巧這一貫制式化的笑容，輕輕頷首。

他還是更喜歡樓梯間裡看見的那個笑容。

「謝謝，但我可能不需要。」

夏城說，而巧巧停頓一秒。

「哈哈，這樣啊。」巧巧尷尬地回應。

下一秒，夏城低頭把一直拎在手上的皮鞋給穿上，他接著按開了電腦主機。當他開始設定電腦時，巧巧看回自己桌上的文件。直至三位在日本料理店見過的女生走過來，夏城才又瞥向巧巧。

「哎、巧巧，妳還真的回公司拚命啊！」其中一位妝容俏麗的女生對巧巧笑道：「剛看妳匆匆忙忙的，我們還在講天底下哪真的有那麼認真的人呢。」

巧巧聽著笑了。

「我也不是直衝公司啦，我中間接了個客戶的電話，臨時狀況啊，所以就先繞去附近辦了點事才回來趕工的。」

夏城在旁聽著巧巧的應話，不由得一愣。

這信手拈來的胡謅，高段！周全！

「啊，是這樣。難怪剛在外面遇到經理，我們說妳有夠盡職，還提早回來上班，經理說他在公司待到剛才也沒看到妳呀。」另一位挑染藍髮的時髦女生以一副恍然大悟的語調說道：「原來出狀況了。現在都沒事了嗎？」

「沒事了喔，小問題而已。輕輕鬆鬆啦。」巧巧接話接得順暢。「等一下妳們組要開會吧，加油喔。」

「好，親愛的，下次聊！」

三位女生親暱地向巧巧道別後，逕直就往另一側辦公間走。直至她們消失在視線範圍，巧巧臉上的笑意也沒有絲毫鬆動。

這時，巧巧意識到一旁夏城的視線，望了過去，恰巧對視。

巧巧漾出人畜無害的笑靨，細聲細氣地問：「怎麼了？」

夏城一如既往地擺出沒有表情的表情，說道：「沒怎麼。」

沒怎麼。

夏城只是有些瞧不起這樣一口一句謊的人，卻又幾乎想要拜她為師。

「我說啊，上次在麵包店，你為什麼要對我拔刀相助啊？」

一天入夜，巧巧在公司外的人行道上，小跑步攔住了提早巧巧幾分鐘打卡下班的夏城。

夏城提著黑色皮革的手提電腦包，在寒風中垂視著面前的巧巧。

「妳為什麼一直提那天的事？」

「因為我反覆想過好幾遍，你完全沒有理由替我出面啊。我們平時的對話也只有早安、好的、謝謝、拜拜，連交情都沒有，而且我很確定你看不慣我待人處世的作風，從你平常時不時點評我的假笑就知道了。所以我一直回想那天的事，第一點，你沒有理由要救我，第二點，你也完全沒有理由認為我需要被救。這讓那天發生的事都顯得很離奇。」

「妳很在意？」

「我很在意。」

「好，我也很在意一件事。妳告訴我，我就告訴妳。」

「成交，你想知道什麼事？」

「我們第一次見面那天，妳沒拆的那兩個包裹裡面是什麼？」

「我沒拆的……什麼？」巧巧簡直不敢相信自己聽見了什麼，她棕色的眼睛一下子變得陰暗。「你偷窺我？」

「我只是蹲在樓梯上看妳拆……那叫什麼、盲袋？」

「那就叫偷窺！」

「不行，妳這詞用得太強烈了。偷窺是在未經他人同意的情況下暗中偷看別人隱私的行為。如果拆包裝也算一種隱私，妳就不該在樓梯間那種公共場所做隱私的行為，否則妳就是默認拆包裝並不算隱私的行為。」

夏城面色淡然地陳述，看上去就像一本會說話的百科全書。

巧巧瞠目結舌。

「你這人……」她氣結地咬牙。「不要再一本正經地胡說八道了！」

胡說八道？

夏城還是生平第一次被人說胡說八道。

「我不胡說八道的。」

「你就是在胡說八道！你根本不把人與人之間的情理算進你的算式裡！」

「我不知道妳在生氣什麼，拆包裝有需要這麼遮遮掩掩的嗎？為什麼被我知道了，妳會是這種反應？」

巧巧被問得一愣，一懵。啊，是這樣啊，這人連做人的基本常識都沒有啊。

巧巧望著面前的夏城，終於明白了。她看著他的眼神中忽然有些憐憫。

「唉。」巧巧嘆了口氣，拍拍他的肩。「每個人對於定義的解讀都是不一樣的。對你而言拆盲袋只是在拆包裝，很普通的行為，但拆盲袋這種宅味的東西對我而言是不符合我的人物設定的，還有，樓梯間對你而言可能是很公開的公共場所，但對我而言已經算是隱密的地方了，我就是不想讓人知道才躲起來拆的。所以，請問你知道了，我為什麼不會是這種反應？」

夏城想了一下。

他說：「但是依照市府警察局定義的公共場所……」

「夏城。」巧巧終於收起所有表情。「閉嘴。」

這還是夏城第一次見巧巧板起臉。他看著她露出一副橫眉豎目、與平時形象搭不上邊的毛躁模樣，竟不由得當著她的面嗤出一記短促的笑聲。

巧巧這下炸了。

「你笑個鬼啊！」

她瞪大眼地罵，卻在下一秒發現不遠處一群同公司的同事緩步接近，於是立刻做了表情管理，回到一貫和顏悅色的表情。

夏城覺得奇怪，回頭往巧巧注視的方向一望，這才了然於心。

「咦，巧巧？怎麼杵在這？」一群同事中的一位高個子男生走到巧巧身邊，瞥見一旁的夏城時，笑道：「啊，原來在跟我們金頭腦先生聊天啊。」

其他五個同事也聚集過來，當中兩位男子是夏城沒見過的男性同事、三位女子便是夏城第一次碰見巧巧時、在日本料理店見過的其他部門的女性員工。

他在那後來曾幾次聽過巧巧如何稱呼她們，其中挑染藍髮的女孩是子葵，妝容俏皮的是唐辰，中性打扮的是鍾甄。除了子葵年紀較輕，其他女性的年齡看上去都比巧巧大上一些。

子葵這時湊到巧巧身邊，一把挽上了巧巧的手臂，順便擋在了那位高個子男生的面前，下一秒索性把巧巧帶遠了些。

「太棒了，在這遇到妳！」子葵對巧巧燦爛地笑。「我們正好臨時決定要去吃烤肉，再去附近KTV唱一攤，一起來！」

接著唐辰與鍾甄也來到了巧巧身邊，她們一人一句說著上次沒能一起吃飯，剛好這次補回來。

巧巧不明顯地停頓下，隨而揚起笑容，對她們三個女性壓低音量：「我很樂意，但看你們顯然是三對三呀，是算準了當聯誼吧？」

巧巧的雷達總是敏銳，子葵咯咯笑了起來。

「不要緊，這場子主要是幫唐辰撮合的，目標是長腿朋坤。」

子葵的一席話讓巧巧下意識看向那位高個子男生——朋坤。確實長得一副小清新的小帥樣，年紀約莫比唐辰小了五歲。

「不錯呀。」巧巧吹了個小口哨，輕拍唐辰的肩。「嫩模嫩樣的，唐辰吃了補身體啊。」

一句話讓三個女孩一致笑出聲。唐辰紅撲撲的臉上還多了一抹羞澀。

接著巧巧立刻給了所有人臺階，刻意放大音量地笑道：「我就不參加了啊，你們三對三好好玩，我不當電燈泡啊。」

然而就在這時，朋坤說話了——

「不然金頭腦一起來吧！這樣四對四！」

朋坤這話說得所有人齊刷刷地看向朋坤，又齊刷刷地看向夏城。

巧巧驚得笑容一下子乾在臉上，趕緊走到毫無表情的夏城身邊，她說：「夏城對這種活動沒興趣啦，哈哈哈哈。」

夏城第一次目睹巧巧向著這麼多人唸出哈哈哈哈，以往她只不小心向著夏城哈哈哈哈，再騙術高端地對旁觀者一派自然，但隨著越來越多事情搭上夏城，她的外殼只是越來越搖搖欲墜。夏城覺得想笑，雖然他還是沒有表情。

「不行啦，在這裡遇到就是註定啊！」

「對！要嘛就是妳一起來，要嘛就是金頭腦一起來！最好是你們一起都來，人多熱鬧啊！」

朋坤身旁的兩位男同事——安迪與張豐，在旁鬧了起來。

巧巧見他們說完便圍著夏城問東問西，索性打斷他們：「好好，我去我去，如果你們不嫌多我一個除不盡，這一攤我跟！」接著巧巧轉而向夏城一本正經地微笑道：「好了，你剛說你還有行程對吧，趕快去吧。還有，你的提議我會考慮的，拜拜啦。」

話畢，巧巧便挽著子葵的手起步了，其他人見狀，也就嘻嘻哈哈地向夏城道別，踏著人行道地磚走向一側紅綠燈。

巧巧這明顯幫夏城解危的舉止讓夏城一怔。

她曉得他的不擅長，而她甚至不需要與他套好招，她就能單方面解決他的困難，一如那天在茶水間裡的對話。

——他很難相處吧！

——不難相處啦，他很熱心。

他想起她說過的話，不由得揚起嘴角。

——我說啊，上次在麵包店，你為什麼要對我拔刀相助啊？

那妳又為什麼要替我說話呢？

夏城想不明白，只曉得現在必須跟上她，否則可能會錯過什麼——在他意識過來的時候，他已經快步趕上了巧巧的背影。

他抓住巧巧的肩，當巧巧回過頭，他只是說了一句：

「我沒有行程了。」

## 【第三章】新入荷的

——新入荷，是日文新進貨品的意思。

夏城覺得巧巧就是他人生裡一款新入荷的人類。

當巧巧獨自吃完大份烤肉、轉移到ＫＴＶ酒過三巡、吃了兩盤雞翅、握著麥克風音準奇佳地唱起數不清第幾首曲子的時候，她整個人可以翻譯為四個字：自得其樂。

「你唱不唱歌？」間奏時，巧巧坐到夏城身邊。她移開嘴邊的麥克風、附在夏城耳邊問：「我不知道你為什麼跟來，我以為你不喜歡這種場子，還是說其實你很喜歡？我看你剛才也沒吃多少烤肉，所以，你是不是很想唱歌？」

這腦迴路讓夏城一愣。

他搖搖頭。

她皺起眉。

那他到底來幹麼？

就在巧巧差點問出口時，一旁沙發傳來歡笑的聲音。巧巧望過去，只見唐辰在眾人談笑間，不著痕跡地一邊掩嘴笑著，一邊靠上了朋坤。

巧巧吹了個小小聲的口哨。「老手啊，不愧是。」

夏城納悶地注視一臉興味的巧巧。「什麼？」

巧巧見他這麼個高智商人士，卻對暗潮洶湧的社交呈現一個新手村等級，不由得感到反差萌。順手就把他當狗給摸了摸腦袋。

「你這麼遲鈍是不行的。」

巧巧湊近他說著這話，那話中甚至帶有一點「你這孩子可怎麼辦呀」的老一輩語氣。夏城近距離聞見她身上的香水味，清淡的花香，夏城覺得好聞，一鼻子不自覺靠近了她。

巧巧沒有發現這慢慢拉近的距離，斜著目光瞥向唐辰，低著音量向夏城指導起來：「看見嗎？像這種有男有女的場合，只要有一個人對另一個人有意思，那從一開始就要贏在起跑點。」

夏城垂著眼簾望著胡巧巧靈動輕盈的狡黠神采，不禁彎起了脣。

胡巧巧又往夏城湊去一些，夏城沒料到，鼻尖碰上了巧巧柔軟的髮，撐在座椅上的一隻手被巧巧的手指敲了敲，夏城頓時心一漏拍，生平第一次曉得了心臟出問題的人大概是個什麼感受，只是奇怪了，臉還會跟著熱的嗎。

「你懂我的意思嗎，戰略位置決定勝算。」巧巧仍然看著唐辰的方向，正經八百地對夏城說道：「坐在目標對象旁邊，一有機會就增加肢體接觸，而且要恰到好處，太積極會有反效果，只會讓人覺得你很行而已。」

夏城因為被巧巧突如其來敲了手，恍神了一陣。

「很行不好？」

夏城不過腦地就問了這麼一句，巧巧一愣，皺眉轉頭看向他。

夏城一定神，這才意識到問了笨問題，索性自己接話：「好，很行不好。」

巧巧嘆了口氣，又像撓狗一樣摸了摸他額前的髮。

「總之，記住，什麼都是適當就好。」

夏城聽著點點頭。下一秒，夏城一頓，這才意識到她對自己的每一次接近與觸碰，都能恰到好處地讓他騷動起來。

啊。

「就像妳這樣嗎？」他脫口而出。

巧巧一怔，摸在他額前的一隻手停頓了下。

她只是為了不攪和唐辰的好事，又擔心夏城融入不了眾人，所以打從一開始就坐在了夏城身邊；她只是看夏城長了張睿智的臉，卻在互動層面弱智了點，像極了她父母家養的哈士奇，下意識就把他當狗給搓了。

怎麼著？

她一隻手還懸在半空。

她面無表情地看著夏城冷靜的雙眼。

她說：「我沒有在釣你。」

「哦。」夏城一下子困惑了，還有點失落，他只得頷首。他說：「可惜，我還覺得這整場聯誼妳最厲害呢。」

距離包廂離場時間，倒數四十分鐘。

「歌后！和妳合唱一首《屋頂》！」

坐在人群中央的朋坤突然拿起KTV內另一支麥克風，大聲對著坐在離螢幕最近的巧巧喊話。

當時的巧巧才剛向身旁的夏城澄清完她沒有在釣凱子，還被莫名說了厲害，於是她有些不在狀態，她雙眼空洞地對朋坤說：「我不會。」

嗯？

現場所有人安靜下來。

朋坤臉上的笑容忽然看上去很乾，他說：「這裡最冷門的歌妳都會唱，妳不會唱《屋頂》？」

巧巧這時候回過神來，展開燦爛的笑容。「我是說我不太會唱這首，這首我每唱必走音，不然交給夏城好了！夏城陪你唱！」

巧巧把麥克風塞進夏城手裡，夏城的面色毫無波動，而眾人發出笑聲。

夏城看著在場的人露出看上去真心發笑的神色，不由得覺得真神奇啊。他轉頭看著眼底含笑的巧巧。

這個人，真神奇啊。

夏城罕見地揚起嘴角，湊近巧巧低聲說道：「妳很厲害啊。」

巧巧睜著一對圓滾的棕色眼睛，微笑歪首。「什麼意思？」

意思是，在這一場以「撮合唐辰與朋坤」為名的聯誼裡，實際上除了巧巧以外的女孩都對朋坤有意思，無論巧巧把合唱權推給哪一個女孩，都會樹敵。

撮合唐辰與朋坤？

難道趁唐辰離席取餐的時候，那個起身越過眾人與桌間空隙的子葵，沒有裝醉跌在朋坤身上嗎？

撮合唐辰與朋坤？

難道趁子葵動作的時候，張豐沒有刻意離席去找外頭的唐辰談笑風生嗎？

撮合唐辰與朋坤？

難道朋坤沒有在扶好子葵的時候，怕被誤會而憂心忡忡地望向巧巧嗎？

撮合唐辰與朋坤？

難道朋坤望向巧巧的時候，鍾甄沒有因為看穿了而神情黯淡嗎？

撮合唐辰與朋坤？

難道當鍾甄黯下神色，安迪沒有蹙起眉間嗎？

這一切原來不只有夏城看得明白，巧巧也是心知肚明的。

「可以吧？夏城。」胡巧巧拍拍夏城的肩，笑彎了眼。「我想聽你唱歌。」

夏城不禁提高了一側眉梢笑了。這樣啊。她想聽，那也沒辦法了。

夏城認真地說：「那我唱給妳聽吧。」

說話時麥克風還是開的，一瞬間那是滿包廂都飄出個曖昧的味了。惹得胡巧巧儼然被自己丟出去的直球給反過來砸中似的，耳根都燙起來，在場女性一秒就慈母了，各個眼神都溫馨了起來。

前奏開始了。

夏城望向前方的大螢幕，那表情突然像要上戰場一樣嚴肅，他是要唱給胡巧巧聽的，他要唱好。

然而當兩個大男人開始對唱肉麻的歌詞，全場笑聲不斷，笑最大聲的還是胡巧巧。

——讓我愛你是誰

——是我

「哈哈哈哈哈！」

——讓你愛我是誰

——是妳

「哈哈哈哈哈！」

——怎會有

——動人旋律環繞在我倆的身邊

「哈哈哈哈哈！」

「妳小聲一點，胡巧巧。」

夏城用麥克風說出這麼一句。他是想要為胡巧巧唱好這首歌的，可是胡巧巧只是指著他銅像般莊嚴的臉，哈哈哈哈哈。在座的其他人這下更確定了夏城與胡巧巧之間氣氛有了化學反應，夏城也意識到了，他更意識到所有人都意識到了這一點。

太厲害了，不僅把朋坤對她的曖昧邀歌給甩鍋得一乾二淨，還讓大家覺得她的目標是夏城。

「高招。」夏城放下麥克風時咕噥出聲。

巧巧笑得眼眶溼潤，抹抹眼尾。「我不知道你在說什麼，你個高智商腦袋絕對是又過度解讀了什麼吧。」

她又一次摸摸夏城黑色短在耳際的髮，拿著桌上的空杯子起身。

「我出去倒飲料。」她說，隨而往外頭走去。

夏城的瀏海被她以搓狗的手法撥得凌亂，他望著她走出包廂的身影，不明顯地脣尾微翹。
她沒有在釣他。
可他環顧包廂，發現沒有她的地方，他一點興趣也沒有。
她沒有在釣他。
可他已經不由自主地隨著她走出包廂。

夏城走出包廂時，被一位奔跑的冒失女孩給撞到了肩膀，女孩手上的可樂潑上了夏城的白色襯衫。
「啊！對不……」女孩抬頭看見夏城的臉，驚呼：「夏城？你怎麼在這！」
夏城看清女孩的臉。女孩畫著一臉嬌豔的妝，身穿一襲低胸洋裝，年紀與巧巧不相上下。她低著下頷，提著大眸子看著夏城，甜美地笑了。
「好久不見，你怎麼會在這種地方？以前你打死不肯出來玩的！」
「啊，嗯。」夏城面色淡然地應。「好像是吧。」
「對了，不小心把你衣服弄溼……」

女孩下意識伸手想碰夏城，卻被夏城先一步退開。

「哦、我想起來了，你不喜歡被碰。」女孩縮回手，一臉懊惱。不喜歡被碰？不遠處的巧巧站在飲料機前盯著快要斟滿的杯子，耳朵倒是尖得靈敏。她想著方才在包廂把他給當狗搓，也沒見他厭惡啊。

「這樣吧，你到我們包廂來，我幫你擦乾。」

女孩一面提議，一面湊近夏城一步，卻只得到夏城又後退一步的反應。

「不用。」夏城平靜地拒絕。「這很快就乾了，妳快回去妳的包廂吧。」

女孩一愣，皺起了眉間，明顯是被這冷漠的回話給激怒了。

「是，真抱歉啊！我還是跟以前一樣，總是在浪費你的時間跟我說話！是吧！我這就回去！」女孩氣沖沖地往一個包廂的方向走，走沒兩步，又折回夏城面前。「你知道嗎，有時候我真同情你，一輩子都這麼個無聊透頂的死樣子，真不知道你的日子怎麼過！當初離開你就是我做過最對的決定！」

巧巧聽到這裡不禁提起眉梢，手指鬆開了飲料機的按鈕。飲料機戛然而止的時候，她轉身快步撞上了女孩，手上的果汁淋了女孩一身溼。

「啊、天啊，抱歉！」巧巧面色憂心地抽了幾張自助吧檯面上的面紙，往女孩的低胸領口擦拭。

女孩被這舉止給嚇著了，雖同為女性，還是下意識地將巧巧拿著面紙的手給擋下了。

女孩說：「不用、沒關係，我自己來就好。」

巧巧立刻收手。「啊！好的，真的很抱歉，妳**不喜歡被碰**吧！我真是**太失禮了**！」

巧巧露出相當歉疚的神情，每一句聽來卻都奇異地帶有一股諷刺感。女孩蹙起眉宇，這彷彿在針對剛才對話的字句，搭上這麼懇切的語氣與一張誠懇道歉的臉，實在讓女孩一時困惑。

女孩分不清這都什麼狀況，於是感到尷尬地說：「不要緊。」隨而對夏城說道：「那我先回包廂了。有機會再聊吧。」

女孩轉身前向巧巧頷首致意，而巧巧則仍然滿面歉意地向她欠身。

巧巧說：「真的很不好意思，還**占用妳的時間**！非常抱歉！」

說完，巧巧便拉著夏城鑽回了自己的包廂裡，砰的一聲關上門。

包廂內，眾人正在輪流合唱古巨基的《情歌王》。長達十二分鐘的串燒歌曲讓在座男女唱得正在興頭上，自然沒人多留意杵在門口的兩人。

夏城與巧巧互視一眼。

「妳不會諷刺她諷刺得太明顯嗎？」

「敢情你這是在心疼她呢？」

「敢情妳這是在吃醋呢？」

夏城又一次露出了巧巧曾見過的慵懶表情，那像是叢中狐狸的眼神，讓巧巧不由得愣神。

下一秒，她眨動眼睛，低頭思索。

夏城俯身審視她的側臉。

「怎麼了？突然的，想什麼？」

巧巧搖搖頭。「沒什麼。我只是在想你這麼有趣的一個人，實在沒道理被說成無聊透頂。」

「所以我這是合妳胃口了？」

夏城偏著腦袋，懸上笑意的幽黑眸子竟有些深沉。

——盲袋，是一種看不見裡面東西的袋子，裝著不同樣式的內容物，購買者在購買前並不會知曉裡頭裝著什麼樣的款式。

巧巧近距離望著夏城，忽然就覺得他是她抽過最包裝不實的一款盲袋。

「我說啊，你們知道MBTI嗎？」
「星際戰警？」
「MBTI，不是MIB！」
包廂裡的唐辰瞪過一眼隨便歪樓的張豐，一旁的子葵則接話了。
「妳說從韓國紅起來那個嗎？十六型人格，我聽過！」
「那是什麼？」朋坤一臉懵。
唐辰驀地換上一張溫順的臉，輕笑道：「那是個很有名的心理測驗，可以看出每個人的潛在人格。」接著她端起手機湊近朋坤，手機畫面上是測驗題項，她殷勤地說：「我們來測測看。」
一時之間眾人起了興致，子葵拿出手機按開社群軟體，三兩下就給大家拉了個群組，把測驗網址傳上去。
「等等大家都要把自己的測驗結果貼上來哈，我會點名喔！」子葵笑開眉眼地指示。

夏城見大家紛紛拿出手機點開社群軟體，不由得蹙眉說道：「心理測驗大多只是巴納姆效應的效果。」

巧巧聽了立刻內心警鈴大作，然而當她想制止夏城已經來不及了，夏城相當鎮靜地飛快解釋。

「巴納姆效應是一種心理現象，人會對一些自己覺得是為自己量身訂做的人格描述給出高度準確的評價，可是這些人格描述其實非常模糊，甚至可以說是非常普遍，所以才能放諸四海皆準，適用於很多人。」

頓時之間，現場一陣沉默。

「哈哈哈，對對，這個我聽說過。」胡巧巧的背上浮了層冷汗，她圓滑地笑道：「但有什麼關係，好玩嘛，而且我記得十六型人格把每一種人格特質細分得很好，搞不好沒那麼籠統。我也一直想測測看。」

夏城聽著一滯。「這種東西，妳想測？」

這是什麼語氣。巧巧額角也泛出了細汗，在眾人的目光下，她點點頭，笑容滿面地對夏城說：「我當然想，我還想看看你測出來的結果呢。」

夏城又是一怔。

啊，這樣啊，她想看，那也沒辦法了。

夏城又一次認真地說：「那我測給妳看吧。」

一如剛才為了巧巧才同意唱歌，這一句淡定卻帶著隱約寵溺的回應，又又又打中了在場旁觀女性的心，巧巧這次則趕緊打鐵趁熱，伸手替夏城按開了社群軟體，點出群組就按開了網頁，直笑道：「好好好，快測吧。」

夏城頷首，乖巧地看向手機螢幕，現場這才恢復正常氛圍，各自看回自己的手機安靜答題起來。

包廂內只剩下點播機播送的歌曲伴唱純音樂，巧巧呼口氣，想起方才夏城總對自己言聽計從的反應，心底才慢半拍地沁出點蜜來。

接著她搖搖腦袋，集中精神低頭與大夥一樣開始做起了測驗。

而夏城的手指在螢幕上滑滑點點，那些題目對夏城來說太過簡單，於是他有十成九的精神去偷瞄巧巧的手機螢幕。

不久，當巧巧的手機頁上出現「ＩＳＦＪ守衛者」幾個大字與配圖，巧巧截圖下來發上群組，轉頭就見夏城直勾勾看著她的手機畫面。

巧巧笑起來。「反正我都會傳到群組的，你偷看什麼。這又不是什麼需要作弊的期末考。」

夏城聽著慢慢地收回目光，而巧巧這才注意到夏城早早就做完測驗了，夏城的手機上顯示著「INTP學者」，她立刻用自己的手機查了學者的人格特質。

——熱愛追求知識，富創造力，在應對上又具有理性特質，在處事上難以共情，甚至給人高高在上的感覺。

「這也太準了吧，嚇死我了！」巧巧盡量壓低音量地驚呼出聲，隻手壓在自己嘴前。

夏城側過臉望著她這副模樣，一臉冷靜地說：「是嗎，但妳的很不準。」

夏城沒有壓低音量，朋坤聽見了，隨即看了下自己的手機群組，巧巧傳到群組上的測驗結果是守衛者，他對照了下人格特質表。

——天性和善，令人感到安心，但較不會表達自己的需求，缺乏領導力，觀念上也較保守。

「很準啊！」朋坤由衷地替巧巧出言。

這時大夥都紛紛表示贊同，在他們眼中，巧巧就是這樣天使般不慍不火的存在。朋坤因為有了大夥的附和，也就下意識對夏城說：「金頭腦先生一定是因為跟巧巧還不夠熟啦。」

夏城面色淡漠地對上朋坤帶著一絲挑釁意味的目光，淡淡地說：「原來是這樣。」

朋坤這下得意了。「對啊，沒關係，畢竟我們……」

「原來你們都跟她不夠熟啊。」夏城收回視線喃喃自語，像是想通了些什麼般兀自點點頭。

這話說的。

包廂裡的機器剛好換歌，短暫的安靜下全體都聽見了夏城的喃吶。胡巧巧這一刻的表情相當複雜，她滿面笑意，可看向夏城的雙眼顯然是想殺人滅口了。

夏城回望過去，見到她一副閃著寒光的笑眼時頓時會意過來。「啊，這不能說嗎？」

但這句話被下一首歌曲的聲響掩蓋，只有與他並肩而坐的巧巧聽見。

巧巧刻意提高音量地笑了，她含笑地大聲說道：「不愧是夏城！思維果然奇特！」隨而拿起桌上的炸物塞進嘴裡，怡然自得地大吃特吃起來。

這會兒大夥見當事人這副沒放心上的樣子，也就沒再就著話題延伸，改說起鍾甄與安迪的測驗結果。

夏城左右看了一眼，有些納悶地湊近巧巧問：「妳為什麼這麼做？」

巧巧嚥下嘴裡的炸雞肉，語氣輕描淡寫。「你指什麼？」

夏城學巧巧降低了音量：「我看到了，有些題目妳選得比較慢，而且那幾題選出來的答案，都和我認識的妳不太一樣。」

巧巧側過他一眼，笑道：「你怎麼確定你認識的我才是真正的我？」

「我確定。」

「所以我問的是，你怎麼確定？你憑著什麼標準確定？」

「我不知道。」夏城蹙起眉頭。「我不是很喜歡自己回答我不知道，但我在有限的線索下，能揀選出的最佳答案就是妳操縱了妳測出的結果。」

夏城拿出手機點出測驗畫面，他說：「六十題，十二分鐘內答題，所以平均一題只能用十二秒。我平均一題用四秒，我剛剛瞄了其他人，其他人平均一題用八秒，妳大部分題目用了六到七秒，但有幾題妳用了十一甚至十四秒，以我對妳的認識，妳不是腦筋不靈活的人，所以更有可能的是妳在計算怎麼答題，才能出現妳想要的某個特定結果。」

一瞬間巧巧聽得愣了，要不是知道這人不壞，否則這誰聽了不起雞皮疙瘩。

巧巧板起臉。「我有幾題回答慢又怎麼樣，你還是沒一個準則來判定我回答的那幾題就不是我的真實個性。」

昏暗的燈光下，夏城看著胡巧巧有些不服氣的鼓腮模樣，心口竟有些柔軟，臉上不由得就泛起了笑意。

「那妳要不要再測一次看看。」
「什麼？」
「這次，一題不能超過七秒。」
「我為什麼要……」
「妳不敢？」夏城愉快地笑起來。「也是，人在闡述自我的時候幾乎不用思考，但是模擬，就不一樣了。」
胡巧巧看著夏城這難得劣性的自信姿態不由得咬牙，她知道這是激將法，她大可以一如既往打哈哈地帶過，可不知怎地，她忽然沒法控制自己的嘴巴。
「我敢。」
她吐出這兩個字，然後回過神來。
夏城笑得兩道眼睛如月如拱，這一刻，巧巧覺得自己在這人面前，絕對是中邪了吧。

後來在ＫＴＶ包廂裡，巧巧當真應夏城要求重新測驗了，其他人已經開始歡唱，唐辰更是使出渾身解數吸引朋坤的目光，現場也就沒人注意到他們的舉動。

六十題的測驗，當巧巧重新做到第三十五題，夏城在旁突然講解起來：

「MBTI是邁爾斯・布里格斯性格分類指標的縮寫，是一種自我內省的問卷。」

巧巧一題只有七秒鐘可以用，她盯著手機螢幕還在理解題目，只好隨口應：

「哦，是嗎？」

「這個問卷有四個向度，內向或外向、實感或直覺、思考或情感、判斷或感知。舉例來說我是INTP，就代表我的人格基本上是由內向 Introversion、直覺 Intuition、思考 Thinking，還有感知 Perceiving 組成。」

聽見一串英文讓巧巧下意識蹙眉，她大略理解夏城的意思，可她全神貫注地作答著，只能努力分神應道：「嗯嗯。」

夏城也沒管她是懂沒懂，自顧著說：「內向和直覺首字母一樣，所以直覺就取第二個英文字母N，所以是INTP。對了，現在六十題妳一題只能用七秒，也就是說妳總共只能用七分鐘，現在時間剩下兩分鐘，理論上妳現在要做完四十二題左右——」

「得！

唸英文就算了，還跟她算數學！

「夏城。」巧巧終於忍無可忍地瞪過去，臉上卻還掛著笑。「閉嘴。」

她咬牙切齒的低語讓夏城一頓，點點頭，雖然他不是很理解為什麼枯燥的答題過程不能說話，不過他還是安靜了三秒，然後想了想又說：

「妳現在只答到第四十題，妳前面都答得很快，怎麼這幾題又慢了？」

「是啊，為什麼呢。」巧巧反諷意味地一面微笑，緊盯螢幕上的題項一面繼續答題。

就在這時，子葵察覺了巧巧埋頭看手機的行為，又剛好目睹夏城湊在巧巧旁邊叨叨絮絮，現場嘈雜，她只隱約聽見夏城像唸經一樣說著「妳多用了十四秒左右所以剩下的兩分鐘減十四秒等於一百零六秒而一百零六秒除以二十等於五點三所以妳接下來平均只能用五點三……」，同時巧巧的眉頭已經皺到可以夾張便條紙。

子葵認識巧巧那麼久，這還是她第一次看見巧巧皺眉頭，這不得了，夏城和巧巧雖然有些曖昧，可巧巧這副表情明顯是感到困擾了！這開開心心出來玩的日子，她的好姊妹胡巧巧怎麼可以不開心呢！

於是子葵下意識就放大音量了：「金頭腦先生！你不要吵我們家巧巧啦！」

頓時間，夏城一臉無表情地抬頭，淡漠地發出一聲：「什麼？」

這儼然做錯事還不知道自己錯在哪的表情讓子葵有些不快，她說：「巧巧在忙，你一直跟她算數學讓她分心幹麼呀！」

正當她想再說些什麼時，一旁的張豐突然嬉皮笑臉地發話了。

「對不起對不起，我們I型人就是比較不會看場面哈。」

張豐一席話讓現場停頓一秒，立刻引來群眾砲轟。

「你最好I型人！」唐辰當晚第一次被打回原形似的指著張豐大笑。「笑死我，你I型人全世界都I型人！」

子葵也指著張豐靠杯：「我看你只有睡著的時候是I型人吧！」

現場亂作一堆，夏城看著他們你一言我一語說著I人E人然後笑成一團的模樣，不太明白笑點在哪裡，他只是面色平淡地反芻那一句。

——巧巧在忙，你一直跟她算數學讓她分心幹麼呀！

子葵的那句話讓他突然會意過來，巧巧與他不同，他可以一心多用地多工，巧巧不行。果然他在處事上難以共情，這點人格分析還真說準了。

夏城兀自頷首，看向一旁的巧巧，他這才意識到始終盯著手機螢幕作答的巧巧，整場騷動下來都沒有抬頭說過一句話，這樣的專注力又讓夏城覺得奇怪。

「我剛剛讓妳分心了嗎，所以妳作答才慢下來？」
夏城問。
巧巧一面答題一面簡短地答：「對。」
夏城想了想。
「可是大家在吵I人E人的時候妳沒有慢下來。」
「對。」
「為什麼？」
「因為他們沒辦法讓我分心。」
巧巧不過腦地就回答了，然後他們同時頓住。
最後一題的答案正好送出，手機畫面出現作答完成的字樣，以及測驗結果：ENTP，發明家。
可這一刻比起測驗結果，夏城更在意的是巧巧的那一句話。
——他們沒辦法讓我分心。
夏城的嘴角不由自主地蜷起弧度，他看著耳殼一點一點泛紅的巧巧，不由得感到有趣。
為什麼只有他能讓她分心，他好像自己想的出來。

# 【第四章】經濟實惠的

ＥＮＴＰ，發明家。

——用不完的點子，不斷發展出新的道路，是相當受人景仰的人格類型，對於自己的意見深信不疑，因此容易對別人產生疑慮。

巧巧不經刻意計算所答出的結果，是發明家。

這讓夏城不意外，又有點意外。

不意外的是巧巧對自己的意見深信不疑，意外的是，巧巧容易對人懷疑。

夏城觀察著胡巧巧，她正笑意盎然地與人談笑，她的隨和確實帶著鋒芒，可他還沒見過她具體怎麼去懷疑一個人。

巧巧這時察覺了夏城對自己的注視，回望了過去。

「怎麼了？」

她微笑地問。

夏城定了定神，面色平靜地搖頭。「沒什麼，我只是在想妳為什麼是ENTP。雖然那確實更像妳，但是我……」

「小聲點。」巧巧豎起食指按上他的嘴，不著痕跡地瞪過他一眼碎唸：「你這傢伙實在是。」

這會兒大家一群人正浩浩蕩蕩地準備走出KTV，巧巧怕有人注意到夏城又提測驗結果這事，趕緊聽著大夥正在討論的金曲獎，搭上幾句。

夏城意會到巧巧的小心思，不由得以鼻息輕笑。

這時，眾人說說笑笑地走出大門，話題突然轉到了經理上次開會提高KPI門檻時的態度真討人厭。巧巧聽了，一下子就沒有答話了，夏城這才發現一個軌跡，巧巧平時與人對答如流，卻總是不會跟著一起說人壞話。

巧巧慢下步伐，忽然就神不知鬼不覺地退出了群體。

夏城重新走回她身邊，定定地看著她。

她發現了，轉頭對上他的視線，扭眉微笑地問：「又怎麼了？這個眼神。」

夏城搖搖頭，說：「沒什麼。」

於是巧巧點點頭，想了一想之後說：「好吧，你沒想說什麼的話，我有件事一直想問你。你今天是來幹麼的？」

巧巧單刀直入，而夏城聽了也沒有多想。

夏城誠懇地回答：「我來學習。」

「學習？學什麼？」

「學妳。」

「我？」巧巧感興趣地笑起來。「我有什麼好學的？」

夏城瞥了一眼聚集在店外長椅附近討論是否叫車的一行人，又望回巧巧。

「妳很擅長這些事。交際。」夏城微微低下眼。「妳不需要用抨擊別人來建立人際關係，妳就是能夠建立人際關係，我不知道妳是怎麼做到的。妳看起來信手拈來。」

巧巧歪過頭。「為什麼你會覺得建立人際關係就要跟人一起抨擊別人？」

「因為敵人的敵人就是朋友。」

「這麼老派？」巧巧對於這樣的論調感到好笑。「當然我可以理解，人跟人聚在一起說背後話確實會有種小團體的歸屬感，可是那不是很危險嗎？」

「危險？」

「話只要說出去，都是把柄呀。哪一天得罪了小團體裡的誰，你說過的壞話就有可能被散布出去，被說成『欸你知道那個夏城曾經說過你很賤嗎』，到時候你跳什麼河都洗不清。」巧巧一臉雲淡風輕地說出漆黑的話語。「因為很可怕，所以我們就會被小團體牽制，慢慢的我們就變成團體裡的應聲蟲，就連想要發表自己的想法都不敢，就怕得罪了誰。」

夏城聽著頓滯下，食指與拇指抵著自己下頷便思考了起來，喃喃自語：「就被威脅了是嗎……」

——對於自己的意見深信不疑，因此容易對別人產生疑慮。

他想起巧巧的測驗結果。原來如此，說到底，她其實並不相信任何人。

夏城默默地點點頭，喃喃道：「原來如此……」

「是啊。」巧巧瞧他這一副像在推導數學公式的眼神不由得覺得有點萌，她笑彎了眼，忍不住壞習慣地摸了摸他額前的髮。「很多事都是不可逆的。所以這一切都太麻煩了。」

巧巧一邊摸一邊說，沒有人天生就會交際。

「沒有人天生就會交際。我沒有你以為的什麼信手拈來，我也是每天都在學習的人。每個人都有自己的想法，我們人被設計來只知道自己的想法和感覺，卻要去同理心別人，本來就很沒有道理。我只是不喜歡跟人爭辯，我不喜歡麻煩，所以我只是盡量降低會產生麻煩的可能而已。」巧巧笑道：「生活中有太多耗費腦力的事，能夠省事就是節約自己的能源。結怨啦、針鋒相對啦，都是額外用掉我的時間，不划算。」

夏城聽著總算明白了。他伸手握住了胡巧巧又把他當狗搓的那隻手，一本正經地把她的手握在胸前。

胡巧巧對於夏城突然的主動觸碰感到詫異，睜圓了眼睛抬頭看他，只見他專注的眉宇間透出了些笑意。

「想不到胡小姐的與人為善，相當經濟實惠啊。」

巧巧被這麼一說，愣了，卻不是因為這話裡的涵義，而是被那一副隱約的笑臉與含笑溫潤的一把好嗓音給說得怔忡。那一記語氣就像道出世間最柔軟的情書裡的最後一句，像是歌頌她在他的世界裡如同玻璃罩裡特殊無二的別致存在，巧巧忽然有些鼻酸，雖然他只是說她很經濟實惠而已。

「喂！你們！」朋坤站在KTV門口的長椅旁，對著聞聲趕緊抽回手的巧巧與手被抽走的夏城喊：「我們不叫車了，直接去夜衝！來抽鑰匙！」

抽鑰匙？巧巧不明顯地抿了下脣角，這年頭還能這麼老套也算難能可貴。她看著其中年紀輕的子葵眼中閃著光芒，其他人臉上也透著一副懷舊的小興奮，也就覺得這群人還算可愛。

「去哪夜衝？」巧巧回喊。

子葵興匆匆地說：「望高寮！我們去看夜景！」並且催促：「好了好了，快過來！叫金頭腦一起來，快來抽鑰匙！」

「好好好。」

巧巧笑道，同時聽見夏城小聲問了一句：「那是什麼？」

巧巧瞬間瞠目望上湊近的夏城，見他一臉認真，巧巧更懵。

「什麼是什麼？」

「抽鑰匙。」

我的天。巧巧睜圓了眼。這人要學的東西有點多啊。

抽鑰匙，即由女性群體個別抽取男性群體之機車鑰匙，以此判定該由哪一位男性載著哪一位女性執行夜遊活動之聯誼文化。

當夏城搞懂抽鑰匙是個什麼概念，並試圖理解當中一線天堂一線地獄的樂趣時，他默默地遵從規則，在女生看不見的前提下交出了鑰匙。

朋坤將男生們的鑰匙蒐集完，放進了一個原本裝便利商店啤酒的白色塑膠袋裡，然後夏城走到巧巧面前，當著眾人的面，突然面無表情地說：「好麻煩，為什麼我不能直接載妳？」

這又一記直球敲得巧巧轟地一臉熱起來。

巧巧說：「好了，你不要造成大家的困擾啦。我努力抽到你總行了吧。」

夏城想了一下，乖乖地頷首。「好，妳要加油。」

這帶著討價還價味道的對話，讓周圍幾個女生又一次泛出甜膩的欣慰眼神，來回用「啊，真美好啊」的祝福神情望著巧巧與夏城。

Amazing。

巧巧覺得夏城就是個神隊友。他讓他們之間恰到好處地展現曖昧氛圍，如此一來，待會兒即便巧巧抽到了今夜女孩們的頭號獵物——朋坤，那麼大家也都曉得巧巧無意參與狩獵，是個皆大歡喜眾人安心的好結局。

巧巧彎起一側嘴角對著夏城比出了個大拇指，以示對好隊友的讚許。

夏城面色平靜地也回了個大拇指，對巧巧這一副好像很自信能抽中他的鑰匙的樣子，以示鼓勵。

於是一個以為這段對話別有深意的女子，和一個完全只是在表達字面上意思的男子，就這樣四目相接，拇指對拇指，卻沒想到一塊去。

夏城偷偷告訴巧巧，他的鑰匙上是沒有任何吊飾的。

「沒有吊飾，只有三把鑰匙。」

「三把？」

「三把鑰匙串在一起。一把機車鑰匙，一把我租屋地方的鑰匙，一把我老家的鑰匙。如果妳有需要知道的話。」

夏城湊在巧巧耳邊低語，狡黠的語氣令巧巧嘴角微揚。敢情這還怕她誤會他呢。

結果女生們猜拳決定抽鑰匙的順序，巧巧在第一輪就以一石頭三剪刀的局面獲得第一個抽籤的資格，巧巧一臉認真地對夏城又比了一次志在必得的拇指，隨後便遵循夏城的指示，在白色塑膠袋裡摸索，摸清楚了，也就俐落地抽出了一串「沒有吊飾，只有三把鑰匙」的鑰匙串。

「哦，是我的！」拿著白色塑膠袋的朋坤這時候笑道：「雖然我騎車沒什麼好擔心，但等一下路上顛簸，還是多多包涵啦。」

巧巧睜著大眼睛望著朋坤笑咪咪的胡桃色眼睛，那一雙眼睛在亞麻色瀏海下亮著過於刺目的欣喜。

剉賽。巧巧彎起脣尾，回了朋坤一抹公式化的微笑，點點頭。「好。」

接著朋坤拿著一袋鑰匙繼續給其他女生抽，這時候，巧巧轉過身，對上夏城毫無情緒的目光。她將手裡的朋坤的鑰匙攤開，兩人的視線一起望著那一串與夏城同樣特徵的鑰匙串，一言不發。

沒有吊飾，只有三把鑰匙。是吧。

巧巧走過去對夏城說：「你還不如不要跟我說呢。」

「出發！」

一行人就在子葵雀躍的聲音中，發動了摩托車。

結果夏城載到了這場聯誼裡，理應與朋坤配對的唐辰。夏城的臉看上去很臭，唐辰的臉看上去也很臭。

一路上，夏城與唐辰只交談了一次。

唐辰握著機車後桿說：「你想載巧巧，我想被朋坤載。如果抽鑰匙是為了讓聯誼有結果，那現在這樣不是很沒有道理嗎？」

夏城說：「我怎麼知道，問你們啊。」

然後他們整趟路就再也沒說過第二句話。

巧巧這邊則是從第一句對話「會冷嗎？」「不冷。」就開始沒有停歇的對話，朋坤的各種開話題，讓巧巧有些疲勞，卻因為巧巧就像內建交際系統的個性，每一句話都接得穩，顯得朋坤覺得這一定是一段良緣的好開頭。

夏城騎車騎在朋坤附近，看見他們侃侃而談的模樣不由得有些來氣。一整晚躲朋坤躲得跟真的一樣，敢情現在讓女生們放下戒心、有機會跟朋坤獨處了就可以肆無忌憚了是吧，胡高手，了不得啊。

夏城心裡叨叨絮絮，油門一催，把一行人全給甩在了後頭。

「你發什麼神經呀！」

一抵達望高寮，下車時唐辰的第一句話就是對著夏城大喊神經病。

唐辰雙手並用耙著自己可可色的長捲髮，耙整齊了，又由手拿包拿出梳妝鏡仔細確認自己的妝容。她氣沖沖地坐上相對乾淨的一個臺階，一面補妝，一面對著緩步過來同樣坐下的夏城說道：「你知道臺灣十大死因車禍排名前幾嗎！太誇張了！就算你不爽抽籤結果你也不用這樣，像你這種不開心就飆車的人，最好也不要接近巧巧了！我可不希望……」

「六。」

「吭？」

「我說，車禍排名第六。臺灣十大死因。」夏城慢悠悠地回答，眼尾略垂的漆黑眸子望著前方的夜景，那些五光十色的燈彩，投入眼底卻如沾墨般黯黯。他說：「抱歉。」

唐辰一愣，沒料到人稱極難相處的男人會道歉，於是支吾了起來。

「沒、沒事，反正、人也沒受傷。」唐辰的視線從化妝鏡上移開，僵硬地往夏城的方向看去時又是一愣。「你幹麼坐那麼遠？」

夏城坐在臺階的最邊緣，離唐辰最遠的位置。

夏城說：「胡巧巧說地理位置很重要，要在一開始就坐在喜歡的人旁邊。」然後他想了一下，補充道：「我沒有喜歡妳，所以坐離妳遠一點。」

好一個舉一反三！

唐辰覺得這人誠實到有點好笑了，嗤的一聲笑出來。

「你知道你這樣說話是不行的吧。」

「我知道。」夏城點點頭，模樣竟有些乖巧。「胡巧巧說我這樣在社會上會很辛苦。她一直都有提點我，但我學得還不是很好。」

「豈止不是很好，你是根本沒抓到竅門。」唐辰失笑。「舉例來說吧，剛剛那句話你再說一次。」

夏城回想了下。「我沒有喜歡妳，所以坐離妳遠一點？」

「對，你這是把你自己放在主詞了，說穿了這就是本位思考。你在說話的時候應該換位思考。」

「換位？」

「對啊，很好懂吧。你把說話的出發點換一下，你就會發現同一句話你可以說成：『妳沒有喜歡我，所以我得把妳旁邊的位置留給妳喜歡的人。』你看，這聽起來是不是好多了？」

唐辰稀鬆平常地說著，將化妝品一一丟回鑲著碎鑽的手拿包裡。夏城有點訝異，唐辰這樣一身名牌、看上去高傲又看似只注重外相的女人，竟能三兩句就說出些道理來。夏城突然對於自己暗地對人先入為主的想法感到內疚。

唐辰見夏城沒打算回話，只是遠遠地看過來，於是皺了下眉頭。

「你幹麼？在想什麼呀？」

夏城搖搖頭，他說：「我只是在想，我果然沒有喜歡妳。」

唐辰聽著下意識嘴角一抽。「什麼？」

「我可能有點喜歡胡巧巧。」夏城一臉淡定地說：「她總是想幫我，我都不知道為什麼。我很謝謝她，但我不希望錯把感謝當成喜歡。我覺得這種事我得慎重。」

戀愛，即為兩個人互相愛慕行動之表現。

「我知道戀愛的定義。」夏城說：「我也知道喜歡可能就是戀愛最初期的徵兆，所以要判定真正的喜歡很重要，就像推導一個數學公式，第一步就要正確，最後算出來的答案才會對。」

所以。

「所以我不能掉以輕心，人要不二過。」

「不二過？」

唐辰疑惑，然而夏城沒有多做解釋，只是自顧自地對她說：「謝謝妳讓我明白了。」

「吭？明白什麼？你說的話我越來越聽不懂了怎麼回事？」

「妳讓我明白我沒有喜歡妳。」

「好喔，你這句話說到我有點火了喔。」

「妳也是無條件幫助我的人，但我沒有喜歡妳。」夏城面無表情地說：「我卻喜歡胡巧巧。可見這種喜歡是沒有認知偏誤的。謝謝妳讓我確認這件事。」

「……好，不客氣。」唐辰不知為何有點不爽，但又有點懂了，她蹙眉說道：「你真是很嚴謹啊，談個戀愛也可以這麼學術的嗎？不過想想也好，你這樣的人可能正好是巧巧需要的吧。正經八百，誠實以對的，至少不像——」

話及此，唐辰收住了後續，只急轉彎地笑道：「總之，你好好對她。」

「至少不像什麼？」

「什麼不像什麼？」

「別裝傻，妳剛才說至少不像什麼？」

夏城筆直地盯著唐辰，唐辰別開臉，而夏城難得感到焦急，走到了唐辰面前蹲下，逼視起她。

「請說下去。」

那低沉的嗓音雖說著敬語，卻陰沉地帶上一股子偌大的壓力。唐辰對上他的視線，暗紅色的唇瓣緊抿半晌，終於鬆口。

「我沒辦法跟你說太多，這種事不適合由我告訴你，應該說、任何當事人以外的人都不適合。」唐辰壓低了音量，說道：「我只能說，巧巧在感情上吃過很大的虧。」

這時夏城腦裡已經出現了一個形貌，狹長雙眼，熟齡笑容，整齊的西服，與抹了髮蠟的服貼髮型。是麵包店裡遇見的男子。

夏城不說話，這讓唐辰更覺得自己不該說那麼多，焦慮之下，她打了打自己的嘴巴，趕緊轉移話題。

「好了，那些不重要，都是過去的事了。你幫我想想等下我怎麼拉近跟朋坤的距離吧！他們也快到這裡了！」

夏城回過神，抬頭看著眼前的女子。

「妳是怎麼知道妳喜歡朋坤的？」夏城突然地問。為了讓胡巧巧日後多看向自己一點，他要趕緊多積攢點女性的觀點。他問：「妳們女孩子都是怎麼喜歡上一個人的？」

「嗯？喔！」唐辰說：「我要生孩子。」

夏城停頓下。

「什麼？」

「我已經三十四歲了，我要生孩子。」唐辰實話實說，她的思維明顯沒跟上夏城的心思。她說：「生孩子要有好的基因，朋坤又高，又長得一副小帥樣，我覺得剛剛好。」

夏城懵了。這人原來不是在找男朋友，這人是在找剛剛好的孩子的爹。

這個世界好複雜。

當朋坤載著巧巧隨一行人一起抵達望高寮，巧巧脫下安全帽，第一眼就看到夏城蹲踞於坐在臺階上的唐辰面前。

好啊，不會交際嘛，這下倒可以跟人近距離促膝長談了是吧？巧巧戴上一貫的微笑，眼神看上去有些陰暗。

而當夏城看見巧巧時，則立刻起身走了過去。他站到巧巧面前，劈頭第一句話就是：「妳有想要生孩子嗎？」

嗯？

什麼？

「什麼？」巧巧的笑容凝固在嘴邊，又問了一次：「什麼？」

「生孩子啊，剛剛唐辰說……」

「哇──！」唐辰這時候站起來大叫，為了避免夏城繼續說下去，她飛也似地跑過來抱住了巧巧，決定用胡言亂語帶過這一切：「剛剛我和夏城在聊現在臺灣生育率的問題，妳知道生育率已經降到0.99了嗎？我們臺灣快要沒有嬰兒了妳知道嗎？奶粉尿布什麼的越來越難賣了妳知道嗎？妳看我們公司不是接了幾檔嬰兒用品的廣告案嗎，堪憂啊！」

唐辰在幾秒內高速叨絮的行為，讓巧巧一下子意會過來，這是要趕緊把話題帶開的明示了。巧巧立刻溫柔地笑彎眉眼。

「別擔心，我們公司這麼穩，少掉那一塊市場又死不了。」巧巧笑道：「怎麼樣，你們勘查過這邊地形了嗎？哪裡適合坐下來喝下一攤？」

巧巧指向身後的子葵，只見子葵拉著鍾甄，一臉興奮地提高手中的兩袋罐裝啤酒。

「啊，有有，跟我來！」唐辰穩穩地接住這一球，隨而對巧巧用嘴形說聲謝謝，就轉身朝大夥招招手，領著一行人走離夏城身邊。

眼見一行人隨唐辰走向遠處的看臺，巧巧這才望回夏城的臉。

「怎麼樣，剛才和唐辰聊得開心嗎？」

巧巧問，而夏城回想了下。畢竟方才夏城才想通了他對巧巧的喜歡沒有認知偏誤，這是好事，於是夏城點點頭。

他說：「嗯，開心。」

「哦——」巧巧跟著頷首，又問：「都聊了什麼？」

夏城又回想了下，覺得一開頭就講戀愛方面的事好像有點害羞，於是夏城選了個富有學習進度的事件講。

「剛才唐辰告訴我，說話要避免本位思考，應該要先換位思考。」夏城說：「我覺得她說的很有道理，她還舉了例子讓我知道怎麼活用，我覺得我真的有學到一點東西。沒想到她還滿有內涵的。」

「哦——」巧巧又頷首了，這次，她沒有再說話。

夏城覺得奇怪，稍微低下身子察看巧巧向下瞅的視線，問：「怎麼了？突然不說話？」

「沒有啊，我只是在想，那我平時也不用多叮嚀你什麼了，你以後有問題就去找唐辰吧，她好像更能幫到你吧。你這樣學得比較快。」

夏城聽著巧巧陰陽怪氣的語調，停頓下，忽地笑了。

巧巧被那笑聲惹得惱了，提眸瞪上他的臉，只見他笑出一側虎牙的模樣竟有些難以描摹的稚氣，一雙深不見底的黑色眼睛，飽含深意。

夏城低下臉，吻上了巧巧的唇尖。

他伏在巧巧的唇上說。

「我想學慢一點。」

【第五章】迷箱裡的

胡巧巧被吻的時候，腦子一片空白。

後來他們怎麼走到一行人當中，又是怎麼開罐喝酒配夜景的，她都有些記不起來。畫面在她紊亂的腦海呈現一片扭曲模糊，她只記得夏城的笑容變多了，話也多了，至於眾人的對話與談笑，在她腦子裡一概被酒精給稀釋得零零碎碎，拼湊不來。

事實是，在那之後的望高寮上，當性格開朗的子葵問夏城「剛剛和我們巧巧說什麼悄悄話呀」的時候，夏城回答的是：「沒說什麼，就是確定一下我喜歡她，她喜歡我。」

然後所有視線就齊刷刷地集中到了巧巧身上，巧巧很茫，那一吻加上一晚上累積起來的酒精濃度，胡巧巧已經是一個當機的人。

胡巧巧迷濛的眼睛緩緩地、一一對上眾人的目光，然後微笑。那是她一貫的職業笑容，她當機了，這裡可以理解為那笑臉只是一個螢幕保護程式的概念，可那一刻在大家眼裡，一瞬間就變成了默認夏城發言的羞澀微笑。

現場炸鍋了。

子葵驚叫：「什麼！所以你們在一起了嗎！」

朋坤喃喃：「這也太突然……」

張豐失笑：「哪有突然，大家都嘛看得出來。」

朋坤喃喃：「看得出來？」

唐辰拍著手笑道：「就是！火花那麼明顯！」

朋坤喃喃：「什麼？火花……」

朋坤愣頭愣腦地繼續喃喃自語。「火……花？」然後朋坤回想了一圈，啊，什麼？所以他從頭到尾都是這一對小鴛鴦的電燈泡嗎？

朋坤有點受打擊，他的良緣就這樣在他眼神空洞地尷尬說聲「這樣啊……」的時候，相當正式地胎死腹中。

諸位女性眼見朋坤落寞的眼神就知道來曙光了，唐辰湊到朋坤身邊拍拍他的肩，又遞了一罐臺啤。「來！喝！」

子葵也湊了過去，舉起酒罐。「恭賀！迎來一對小佳偶！」

而當鍾甄試圖也想靠近朋坤這個小可憐時，被安迪給拉住了手腕，鍾甄看向安迪，只見安迪露出了耐人尋味的笑容，他說：「妳怎麼老愛湊熱鬧呢，我不好嗎？」

鍾甄一下子怔了。一直以來，她其實也不是不知道安迪對自己的用心。她垂下目光，搖了搖頭。

「誰說你不好了。」她說：「不好的一直都是我。我老是這麼魯莽，幾年前還自以為是的壞了巧巧的幸福，現在又不顧唐辰了。你說啊，為什麼我總是做錯事呢？」

安迪聽著笑了。

「誰說妳錯了。」自始至終、唯一看穿這一切的安迪，在這一刻輕輕鬆開她的手。他的長相粗獷，面容上有著硬漢子的稜稜角角，對著鍾甄說話的語氣，卻總是柔軟：「保護一個人，是不會有錯的。而喜歡一個人，本來就是一個人的自由，也只是一個人的事而已。」

安迪伸手整了整鍾甄的暗紅色格紋外套，將外套的領口攏緊。他傾身靠近鍾甄的臉，壓低嗓音——

「雖然有時候我還是希望是兩個人的事情。」

說完，安迪便沒有再說話，只是雙手揣進自己暗綠色格紋外套的口袋裡。他站到了鍾甄身旁，他們的身高相彷，齊耳的棕色短髮相彷，復古的老爺褲穿搭相彷，雙手揣在口袋裡的習慣相彷，他們就像一對複製貼上的雙胞胎。

風吹過來，試圖忽視那一句話的鍾甄感到寒冷地聳起肩膀，將抿緊的嘴巴與泛起一些熱度的臉頰埋進厚厚的白色圍巾裡。安迪伸出一隻手，將她的一隻手抓了起來，放進自己的口袋。

鍾甄沒有避開。

站得遠遠的張豐看見這一幕，眼神有些感慨。他也想有一個能夠牽著手放進口袋的人。

張豐望回距離自己一步遠的唐辰，唐辰對朋坤積極說話的模樣讓張豐皺眉，有時張豐也覺得有點可惜了，是不是張豐一直都只是唐辰認識的那一個張豐，那個既好說話，又幽默得像是沒心沒肺沒真感情的，那個張豐，於是唐辰沒把他當作參考呢。

在一開始唐辰向巧巧嘮叨生育率問題時，張豐就知曉了，唐辰想要生孩子，這還是唐辰當作日常閒聊同他說過的。他沒忘。唐辰說過的，他都沒忘。

他還沒忘他總有一天要提醒一下唐辰，他老兄也是能給她個孩子的呢。

經過了一個各懷心思的夜晚，胡巧巧隔天上班的時候頭痛欲裂。

她有點不明白為什麼大家經過她的座位時都要用曖昧的眼光瞧一眼她隔壁座位的人。

她隔壁座位的人則是老神在在地用一貫沒有表情的表情操作著修圖軟體。

後來巧巧回了幾封工作信件，到茶水間泡了杯咖啡。在茶水間碰上唐辰時，被唐辰說了一句：「恭喜妳呀！」

巧巧疑惑地笑著回了一句：「恭喜什麼？」

那笑容讓唐辰以為這是要保密辦公室戀情的暗示，於是用力點點頭，用手上的馬克杯碰了下巧巧手中的馬克杯，然後自顧著乾了馬克杯裡的水。她說：「我瞭，沒有什麼要恭喜的，我瞭。」然後朝巧巧眨了眨眼，倒完水後，滿臉笑意地又走了出去。

巧巧一整個不瞭她瞭了什麼。

接著巧巧回到座位接了幾通客戶的改稿電話，焦頭爛額忙了四十分鐘，拿著文件到影印室的路上，遇見了失魂落魄的張豐與差不多失魂落魄的朋坤。巧巧正想打聲招呼，卻親眼目睹朋坤在看過來的瞬間又別開了視線，那僵凝如石膏的肢體動作讓巧巧非常確信他這是要裝作沒看見她。

什麼？

怎麼了？

為什麼？

這尷尬的氛圍帶著一個接一個的問號布滿她的腦海。

後來，午休的時候，巧巧又迎來一個更大一點的問號。

中午十二點整，一直埋頭作圖的夏城倏地轉過頭問向巧巧：「要不要去附近吃點什麼？」

巧巧停頓下，他們可從來沒有一起吃過午餐，這種納悶加上一個上午累積下來的問號量，讓她下意識反問了出口：「你問我？」

夏城也停頓了下。

「我比較想知道我看著妳問，妳覺得我是在問誰？」

「不是、我只是有點意外，我們中午沒一起吃過飯呀。」巧巧定了定神，忙不迭地收拾了下桌面，起身背起肩包。「也好，也好，下週的提案我正想跟你討論一下。」

「那個人的案子？」

夏城的問句讓巧巧臉頰一僵，望上他的臉。

「你怎麼知……」

「我怎麼知道？」夏城彎起一側脣角，指了指桌上的會議筆記，紙頁上寫著江楠服飾有限公司。夏城起身捉起披放在椅背上的黑色大衣，領著巧巧往外頭走去時，一面說道：「會議結束我就查了公司負責人，長得和那天在麵包店看見的人一模一樣。你們還有聯絡？」

「什麼？我們……什麼？當然沒有！」巧巧忽然激動起來，快步跟上夏城的大步伐，與他並肩時又強調了一次。「我絕對沒有跟他還有什麼聯絡！有什麼好聯絡！」

夏城側過她一眼，這種提及一個人還能起波瀾的反應讓他並不滿意。

「哦——」夏城沉下了面色，語氣一下子像是昨晚的巧巧一樣陰陽怪氣。「沒聯絡他還指定由妳操刀，那肯定是對妳念念不忘了。」

「什麼、誰？什麼念念不忘！飯不能亂講——不是、話不能亂講啊！」巧巧有些語無倫次了，一隻手蓋上自己的頸邊搔抓。「在會議上你也聽到了，經理是把這案子交給我們兩個一起負責，並不是什麼指定我……」

夏城在拐入無人的樓梯間時一把揪住巧巧搔著脖子的手，將她給按在了牆邊。

巧巧瞠著棕色眼睛望著近在眼前的、夏城微慍的漆黑雙眼，他溫熱的吐息在這樣的冬季像是燙上她的臉。

夏城拉下她摸在頸子上的手，他捏住她冰涼的手指，一雙略顯銳利的眼光劃過她白皙帶著搔抓痕跡的頸邊。

他說：「不許抓。」

巧巧這才明白他的舉止，卻也感到莫名其妙。「為什麼？幹麼那麼大反應？我只是癢癢的……」

「妳不是。」

「什麼？」

巧巧滿頭問號，敢情她的皮膚過敏還輪得到他指教？

夏城死死地逼視著她，她卻仍然滿面困惑，這讓夏城喪氣地嘆息，放開了她的手。

「算了，走吧。」

夏城兀自轉身，走下了樓梯。

巧巧呆在原地兩秒，第三秒才反應過來，趕緊跟上。

不知道為什麼她覺得今天所有人都特別難懂。

午餐他們選擇了公司附近的日本料理店，那是夏城第一次看見巧巧的地方。

他們坐在靠窗的位置，當兩人的定食上桌，他們同時開動。

篩過木窗櫺的日光，淡淡灑在面前女孩的精緻臉龐，夏城看著這一幅光景，不由得脫口：「我第一次見到妳，就是在這裡。」

巧巧抬起頭，嚥下嘴裡的蜜黑豆，甜甜的氣味還在舌尖。她蹙起眉頭，並沒有在這裡遇過夏城的記憶可以考究。

夏城說：「那時候妳沒有發現我，妳不認識我，我也不認識妳。可是我觀察妳了，唐辰她們跟妳打招呼，邀妳一起併桌聊天，妳說，妳好想啊，然後妳一隻手摸了一下妳的脖子，說妳還得趕回公司工作。」

那是撒謊。

「那是撒謊。」夏城漆黑的眸子望入巧巧片吋緊繃的眼底，沉下嗓音。「那一刻開始，我就被制約了。」

巧巧沒聽懂，而夏城放下湯碗，坐直了身子。

「第一個研究操作制約的人叫愛德華・桑代克，桑代克把他的貓放進一個迷箱裡，他們說那叫 puzzle box，第一次那隻貓花了很長時間才逃出那個箱子，之後的每一次，逃脫的時間都會縮短。妳說，這代表什麼？」

坐在桌子那頭的巧巧面色越來越困惑，她遲疑地猜測：「代表那隻貓……知道怎麼逃生了？」

「對，那隻貓記住了上一次是怎麼成功，又是怎麼失敗的。貓會知道要印入什麼好的經驗，剔除什麼壞的經驗，這是一種學習，也是一種制約。」夏城抬起眼，說道：「我會記得妳在我面前摸了幾次脖子，就像我在那個箱子裡失敗了幾次。」

「什麼？什麼意思？」

巧巧棕色的眼珠子在光線下像是玻璃珠。

夏城抿直了唇瓣，低下目光。

「妳在緊張或撒謊時，會摸妳的脖子。」夏城說：「桑代克後來提出了試誤說，試誤說裡有個效果律。效果律告訴我們，要是環境條件不變，在試誤的學習過程裡，做特定的反應之後如果能夠獲得自己滿意的結果，就會加強聯結；得到煩惱的結果，聯結就會減弱。」

「聯結？」巧巧歪了歪腦袋。「等一下、是不是越來越學術了……我們一開始到底在聊什麼？」

「妳摸脖子的動作代表『妳在焦慮』或『妳在說謊』。妳一旦在我面前這麼做，我就會很煩躁。」夏城解釋：「所以妳摸了脖子，就讓我得到『我煩躁』的結果，聯結就會減弱。」

「好，我覺得我大腦負荷有點過大。聯結到底是指什麼？」

「嗯、妳可以理解為刺激與反應之間新關係的建立。」

巧巧停頓了下，她本就靈活的腦子，也還是花了四秒才突然理解了他的意思。

「你是說，我和你之間的關係建立？」

「可以這樣說。」說到這，夏城有點赧然了，表面上卻仍以一副非常學術的語氣解釋著。「人跟人新關係的建立通常可以在第一眼的零點一秒內做出決定性的導向，但是世界上還有一種效應，叫做近因效應。」

赧然的夏城仍像是一本會發出聲音的百科全書。

他說：「近因效應就是在多種刺激斷斷續續出現的時候，印象的形成主要取決於最近一次出現的刺激。白話一點，就是一個人會用最後一次的接觸來形成對另一個人的印象。」

巧巧聽著，想起夏城在公司對於她觸摸脖子的大反應，下意識推論：「所以我摸脖子的動作，讓你覺得我在言不由衷，一旦你覺得我言不由衷，你就會因為近因效應而感到煩躁。我讓你煩躁了，以至於我們的新關係——你所說的我們的『聯結』就會減弱。是這個意思嗎？」

巧巧機靈地推導，而夏城不說話了。

巧巧看著似乎還想補充些什麼的夏城，一秒之間，她就知道這是正中下懷自己的假設了，於是她補述：「你因為近因效應煩惱的，不是在煩惱我言不由衷，所以是個不好的人，你是認為『你讓我』言不由衷了，所以你覺得我們的『聯結』減弱了，是嗎？」

「因為你無法讓我說實話，所以你沮喪了。」巧巧說話時露出的笑靨，溫柔得像能掐出水來。她說：「每一次我摸脖子，你都覺得我們疏離了，所以你想要阻止我摸脖子，套一句你說的桑代克的論點，你就像迷箱裡的貓一樣，認為這是需要被剔除的經驗，是嗎？」

她就像一座翻譯機，翻出的話語精準得連說話的人，都為自己想要表達的意思感到羞赧。

夏城低下了臉，沉下嗓音：「抱歉。」

巧巧卻不明白為什麼夏城需要道歉。

「抱歉什麼？」

「抱歉我表達的這些。」

巧巧聽了不由得失笑。「什麼？你為什麼需要為自己想要表達的道歉？」

「因為不是什麼好聽的話。我想剔除的是妳的一個自主意識的表現，這是不對的。說人撒謊，或去解讀人的肢體語言都太刺人，也太沒有禮貌了，我本來沒想跟妳說這些的，我一直在衡量該不該說這些。」

一句話讓巧巧笑開。「不好聽的話你平常也沒少講啊。想說什麼就說，這才像你。幹麼突然對我這麼拘謹呀。」

「不行，對妳不行了。」

「吭？」巧巧一愣。「為什麼？」

「因為妳很重要了。」夏城深深地望入巧巧的眼底，說道：「我會學著對妳好好說話的。」

因為。

「因為只有在一個人足夠重要的時候，說話才有拿捏的意義。我是這麼想的。」

夏城說著這話的時候，眼睛裡有巧巧見過最專心的神采，忽然之間，巧巧的胸口漫過一陣溫熱。

她知道，她真的喜歡上這個人了。這一個，眼睛裡只裝得下一個人，並為一個人努力的夏城。

夏城說：「我可能從來沒有這麼害怕過傷害一個人。」他伸手輕輕地碰了碰巧巧放在桌上的指尖，食指仔細描摹般、在巧巧的指甲上摩挲，像是深怕碰碎的力道。

他抬起眼眸。

胡巧巧搪瓷般的臉在由窗透入的日光下，像是被溫柔地灑上一層薄薄的糖霜。她微揚的眼尾與一張由衷認真聽他說話的模樣，是那樣靜好，好得像是已經擺放在他的人生裡。

夏城的人生就像他居住的那一間屋房，空蕩冷清，沒有想要布置的東西，可是已經擺放的東西，就不可以挪移。

「我不希望哪一天我說了什麼傷到妳了。」

終究夏城只有在巧巧面前才真正的感到害怕，害怕說出的話帶有多少成分的不合宜，與多少權重的傷感情，那是他這輩子都衡量不好的。他看著眼前的女子，他不想他的不會說話，傷害到她。

「就像今天我和妳說的這些，我覺得我可能會傷害到妳。那就像在說妳不要言不由衷。」夏城皺起眉頭。「可是妳想要言不由衷應該是妳的自由，無論是不是因為我，我都沒有資格想著要妳不要言不由衷。所以我覺得我不應該這樣做，只是——」

只是。

「如果我真的是那隻被制約的貓，當妳摸脖子，言不由衷的時候，就是我迷路的時候。」夏城說。

「我只是不想要迷路而已。」夏城悶著一張臉脫口而出，隨而移開摩挲巧巧的指甲的那隻手，挖了一杓飯菜送進嘴裡，味同嚼蠟。他說：「我只是沒辦法不被妳影響，妳不用被我影響。我不知道我是不是根本不該說這些，我現在聽起來就像一個情緒勒索的混蛋。」

巧巧聽著，一下子笑了。

她優雅地搖首，說道：「沒有什麼應該不應該。」

「有。」夏城反駁。「說話應該有同理心，很多臨床實驗都證明——」

「我喜歡聽你說話。」

巧巧的搶話讓夏城停頓了下，夏城提起眸子時直接把嘴裡嚼碎的飯菜給嚥了。

「妳說什麼？」

「我說，我喜歡聽你說話。」巧巧泰然自若地也吃起面前的定食，笑道：「人跟人之間是很複雜的，說話常常才是誤解的根源。人會因為各種理由說出委婉到幾乎背道而馳的話，那樣的人一輩子都不會被別人理解。」

巧巧這話說得很清楚，夏城卻聽得很模糊。他不是很明白個中意思，下意識蹙起了眉。

巧巧看出他的困惑，笑出了聲。

「我也說得白話一點。」她說：「說穿了，終其一生為了某種理由不表達自己真正想要表達的意思的人，是沒有人認識的。是一個可能有點孤單的人吧。」

巧巧溫著眼神，望向一旁窗扇上的、自己的倒影，笑道。

「當所有人認識的都只是一個人演出來的、只說好聽話的假象，那所有人只認識假象，不認識真正的那一個人。」

像是話中有話，她瞅著窗上倒映的自己，脣邊的笑意清淡。當她望回夏城，笑意一瞬間又變得濃郁。

她說：「我這麼說你瞭解嗎？過與不及都是不好的，同理心多了，自己的成分就少了。人是由自己的思想組成的生物，你是一個很有自己思想的人，很有自己的一套邏輯，你身為『自己』的成分是百分之百，更厲害的是，你想要表達的，都是你的真話。我覺得世界上沒有比跟你說話更簡單的了。」

我喜歡聽你說話。

「我喜歡聽你說話。」巧巧笑彎了雙眼，告訴他：「你是一個很真實的人，你讓我知道我認識的是真正的姚夏城。人類對於已知的東西感到安全，你讓我在你面前感到很安全。所以，請你永遠都不要害怕。你不會傷害到我，我也沒有那麼容易受傷的。」

這時，夏城又一次安靜下來，半分鐘的思考後，他忽然說：「我果然是被妳制約了。」

巧巧一怔。「什麼意思？」

夏城起身前傾，單手撐上桌面地吻上了巧巧的嘴。他輕輕抿過她的脣尖，溼熱柔韌的觸感，在彼此溫熱的鼻息間散開。

夏城垂眸近距離注視著巧巧，柔軟的脣瓣附在她的嘴邊，沉沉說道。

「妳的一句話，就讓我逃出迷箱了。」

## 【第六章】強迫中獎的

在日式餐廳裡，巧巧望著親吻她的夏城，窗外的陽光糊上他一側的臉，夏城斂著目光的模樣像是有些不好意思了。

巧巧見他坐回了原位，發現他總是毫無波瀾的表情，與她在一起時似乎多了變化。

——我果然是被妳制約了。

——妳的一句話，就讓我逃出迷箱了。

夏城酣沉的嗓音還在巧巧的腦子裡繞跑，巧巧每想起一次，心底搔不到的地方就騷動一次，麻癢難耐。她上挑的嘴角壓不下來，只好故作鎮定地隨夏城一起低頭，吃起一頓安靜的飯。

然而當他們用完餐走回公司，坐上辦公座位、在自己的電腦螢幕上看見江楠服飾有限公司來信的瞬間，巧巧那小嬌羞的心情砰的一聲，就涼了下去。

江楠服飾的負責人便是江楠，正是曾經在麵包店與胡巧巧搭話的男子。信是由祕書寄發，信裡字字句句嚴謹正經，胡巧巧真心盼望之後的合作都能像這樣，僅只工作。

可世界上還是有讓人心寒的事與願違。

胡巧巧下班打卡，還沒走出大樓，就看見了等在公司門口的身影。

身影看見她，對她招招手，臉上是一貫的溫煦笑意。

巧巧遲疑了一秒，隨後掛上制式化的笑容，上前說聲：「嗨，這麼巧，你怎麼在這裡？」

江楠彎著眼睛笑道：「來找妳。」

「我下班了，工作的事還是在上班時間說比較合適。」

「不是工作上的事。」

「那更不合適。」

巧巧維持著笑靨，準備與之擦肩，卻被猛地抓住了臂膀。江楠將她扯回了面前，在她耳邊低聲說了一句：「該兌現了。」

巧巧一瞬間想起他在麵包店時，湊上她耳邊的低語。

——說好的，該兌現了。

胡巧巧頓時跳開一步，一隻手捂著被呼息醺熱的耳朵。

「你夠了！已經沒什麼好兌現了！」

巧巧沒好氣地扔下這一句，便往人行道上走。然而江楠大步跟上，扳著她的肩將她給轉過身，未料巧巧一個回頭就是一個巴掌往他臉上招呼。

「你再不要臉一點。」

巧巧語氣冰冷，臉上掛著無機質般的微笑。而江楠一把掐住了巧巧的下頷，注視著巧巧的一雙褐色眼睛一反常態地變得陰森。

「我一離婚就來接妳，妳說妳會等我的，該兌現了。」

江楠悄聲說著，側頭貼著她的臉，摩挲之餘含上了巧巧的耳。巧巧驚愕地推開他，當江楠伸手還打算扯住巧巧的手時，跑出大樓的夏城猛地一拳就砸上了江楠的臉。

然後巧巧就把夏城帶到了醫院。

夏城的手骨折了。

這是胡巧巧第一次見到有人一出拳就自己先骨折，她有點懵。

她坐在醫院的等候椅上，當夏城左手抱著用夾板固定的右手走來，巧巧立刻從椅子上跳起來上前關切：「怎麼樣？都處理好了嗎？醫生有沒有說……」

「醫生說這是拳擊手骨折。」

「拳擊……什麼？」

「拳擊手骨折。」夏城一臉淡定地說：「就是手部指關節的骨骼骨折，就叫拳擊手骨折。醫生已經幫我把骨頭復位了，現在用夾板固定。」

「要固定多久？」

「四到六週。每週複診換藥一到兩次。」夏城抬起自己被繃帶層層包紮的右手，平靜地解釋：「醫生說這是因為出拳姿勢不正確，又非常用力導致的。我覺得滿痛的，下次一定要用對姿勢。」

「我是覺得不要有下次……」

「那個人呢？」

「誰？」

「妳知道我說誰。我查過他。江楠。」夏城漆黑的眸子直盯著巧巧的臉。「他有跟來嗎？」

巧巧搖首，停頓下，又點點頭。「有是有……但我請他離開了。」

夏城瞅視著巧巧把臉越壓越低的姿態，不由得嘆息。

他抬起左手搓揉了下巧巧短在眉上的平直瀏海，聲線忽然柔軟。

他說：「他不重要。以前怎樣我不知道，但是現在，他不重要。」

巧巧聞言，緩緩地提起棕色的眼眸。她看見他縱使一張俊容清冷地未有一絲表情，黑色的眼睛卻盛了滿杓暖洋。

夏城的左手指尖輕輕撫過她的臉，說道：「我現在手都折了，妳說我可不可憐？」

巧巧被他的眼神迷惑得有些出神。她下意識回道：「可憐……」

「我現在有沒有比較重要？」

「有……」

「妳是不是要照顧我？」

「是……」

「好，所以接下來四到六週，妳得和我住。」
「和你……吭？」
巧巧猛地回過神來，她有聽對嗎？
「和你住？」
「不願意？」夏城晃了晃包紮得嚴嚴實實的右手，眼神竟忽地有些蒼涼。「沒關係。大不了這幾週我都別開瓶蓋，別騎機車，也不要寫字——」
「啊好好，我知道了，別說了。只是，突然就……」
「我們先去附近買點東西吃吧。」夏城倏地插話，難得地彎起嘴角。
巧巧又一次看恍了神，她想，夏城這是委婉地讓步了。他果然還是有在學習怎麼跟人相處的。她微笑起來。當她還想說些什麼時，夏城的一句話又讓巧巧瞬間收起笑容。
他說：「我們買回家吃。」

夏城不聽人講話地自顧著往醫院門口走，巧巧錯愕地跟上。

「等等、等等。」巧巧拉住夏城的手臂。「我們就這樣一起住，還是有點那個什麼……」

「什麼？」

「我們連交往都沒交往，突然一起住實在有點、我不知道怎麼形容，就是，有點、順序不對？」

巧巧自個兒感到疑惑而上揚的語尾，讓夏城彎起一側嘴角。

一走出醫院，夏城便湊近了巧巧，將她逼到了牆邊。

他問：「妳的意思是，要現在跟我交往？」

「什麼？」巧巧眼神一空。「這是怎麼個理解法？」

「一起住的前提是交往，所以我們現在要一起住，妳就要先跟我交往。」

「不是、這個不是什麼程序正義的問題。」

巧巧皺眉，而夏城則加深了臉上的笑意。

夏城湊近她的臉，壓低嗓音：「怎麼了，不想和我交往？」

巧巧近距離盯著他的雙眼，呼吸一滯，竟忽然就一個字也說不出來。

夏城低頭看了一眼錶，停頓了兩秒後抬頭。

他說：「時間到。」

巧巧一愣，頓覺不妙。

夏城牽起她的手往一個方向走。巧巧著急地問：「什麼？什麼狀況？」

夏城回頭看了下怔怔跟著走的巧巧，正經八百地回答：「妳能拒絕的時間已經過了。這個狀況。」

幾秒前，世界上突然多了一對情侶。

這個狀況。

夏城的跳躍式自說自話已經超出巧巧的常理範圍。巧巧跟在他身邊，天色暗下，街道邊沿的商店泛出營業中的鵝黃光線。

巧巧蹙眉盯著夏城的側臉，好看的輪廓沾上光。

「你為什麼喜歡我？」

巧巧突然地問，夏城望向走在身邊的人。

他看著巧巧露出的並不是「哎呀真害羞不知道答案會是什麼呢」的臉，而是「你最好給我一個合理的解釋」的眼神。

夏城忽然感到好笑。

「我喜歡妳這件事，還得說服妳不成？」

「不是，我只是好奇我什麼地方吸引你？我不是在質疑你對我的感覺。」巧巧本就高情商，這下更是正常發揮，把這話說得沒紕漏。

而夏城持續往前走，拋回前方的目光像是在思索。巧巧跟在一旁，覺得這人做人是真的認真，連這麼隨口一句問句都需要好好思考一番、嚴肅對待。

然而一分鐘過去了。

五分鐘過去了。

八分鐘過去了。

眼看這段路都已經過了兩個紅綠燈，時間已經要來到十分鐘了，巧巧臉上的笑容從有點繃，到相當繃，現在已經看不出原本有在笑了。

「好，所以就是沒有地方吸引你。」巧巧一個高情商的人在這一刻忽然赤裸裸地帶刺起來，她說：「我幫你回答好了。你不用再想了。就當我問了個寂寞。」

巧巧加快了幾步，夏城在巧巧就要走遠前伸出左手，抓住了她的手腕。

「不是。」

夏城鎮定地出言，雙腳定著，讓巧巧因作用力而轉身對上了他漆黑的視線。

只見夏城的黑色眼睛眸尾微垂，面色淡然地提著眉梢，由上至下掃視巧巧的動作，讓那一雙眼神懸上一股美食家評分般的判讀感。

夏城一臉認真地表示：「不是妳沒有地方吸引我。是我想不出妳哪裡不吸引我。」

夏城定定地盯著巧巧，巧巧睜圓眼睛盯回去。

「什麼？」

「我沒辦法把妳所有吸引我的地方都講出來。」夏城說：「因為我還沒有想出妳哪裡不吸引我。」

他一本正經地說完，便用上沒有受傷的那隻手，將巧巧慢慢地拉入懷中。

巧巧側臉埋進夏城寬闊的胸前時只覺得自己被摸頭了。「所以你喜歡我的全部？」

「我不知道。我還沒有想出來。」

「你要想出我哪裡不吸引你，你才能給我答案？」

「可能是這樣。」

夏城收緊了抱著她的力道，將下頷放到她溫熱的頭頂上。

夏城微笑起來。他說：「做申論題的時候，答案太多就要用剔除法來表述，像是：妳除了什麼什麼地方之外，都吸引我。所以我得先想出妳哪裡不吸引我，這樣妳能明白嗎？」

不能。巧巧抿直脣瓣，覺得這人為什麼就不能像普羅大眾一樣說句甜言蜜語就了事呢，又同時覺得，啊，這就是夏城啊。想通的時候，巧巧不由得就皺眉笑了出來。

巧巧說：「那你打算什麼時候想出來？」

「我不知道。」夏城望著眼前延伸的人行道，夜晚有些起霧，磚道看上去像是沒有盡頭一樣。他一貫地沒有太多表情，可感受到懷裡人兒的柔軟時，眼神變得無盡軟暖。他頓時覺得可能有些東西是沒有盡頭的，像是眼前被霧氣模糊的道路，或是其他的一些什麼。

夏城低下臉，將巧巧擁得更緊時，把臉湊近了她的肩。

他附在她耳邊告訴她：「我覺得我有可能這輩子都得不到答案。」

關於我哪一天會發現妳不吸引我了這一點，可能還是太難了。

巧巧被他擁得頭微仰，望上布著稀疏星子的天。她聽見耳邊渾厚的嗓音磁性而溫暖。

「抱歉，欠妳一題沒回答。妳還有什麼要問的嗎？」

巧巧聽著停頓半晌，笑得更加燦爛。

「沒有了。」她伸手回擁面前的人，滿足地說：「你已經回答完了。」

夜色濃郁，夏城後來拖著巧巧外帶了一頓好料回到租屋處。他覺得這是他們交往的第一天，應該吃好一點。就像第一次到公司上班，他也覺得該吃好一點。這已經是他能想到的最好的慶祝方式了。

巧巧坐到了夏城的白色矮桌前。

這會兒，巧巧才慢慢地意識到這都把自己給人送上門了。

她盤腿坐在藏藍色地毯上的米色軟墊上，暗暗想著自己穿著一件胸口印著公司大大LOGO的白色T恤加牛仔褲，早知道今天要脫單就穿得仙氣一點，她現在看上去就像那種印在路邊發的衛生紙上、用來打廣告的公司推廣大使。

夏城要巧巧坐好，等他處理一下外帶的餐點。他還堅持不讓她一起幫忙。

接著只見夏城進了一旁廚房，在流理臺單手將外帶盒裡的牛小排放進瓷碗，再單手笨拙地用長筷夾起青花菜，一朵一朵地仔細擺盤。

他們真的交往了。

有一個男人，正抖著左手拿筷子，為著一個女人用心呢。

巧巧看著夏城的方向發怔。

這是一間坪數不算小卻也稱不上大的公寓，格局簡單，一房一廳一衛浴，廚房與客廳之間僅一中島分隔，房裡每一扇門都敞著，巧巧能看見每一個空間都寬闊，但她覺得那是因為他的家具太少的原因。

「你的家具好少。」

巧巧下意識脫口而出。夏城聞言回頭，瞥了一眼自己的屋房。

夏城房間裡的家具放眼望去只有一張床，一座基本型衣櫃，一張書桌與一張木椅，客廳只有一張地毯，一張矮桌，四個坐墊——

和一個胡巧巧。

夏城看著巧巧乖巧地坐在那裡，他在細數著家具而發現她在其中的時候笑了。

巧巧納悶地提高一側眉毛。「笑什麼？」

夏城搖搖腦袋，信步過去在她身邊蹲了下來，巧巧近距離看著夏城含笑的眉目，張口想再問，夏城便單手捏著她的下頷，側頭吻上了她的嘴。夏城燒熱的鼻息像是燙過她的臉頰，令她不住震顫。巧巧瞠目頓滯了下，很快，氤氳的情愫渲上了她的感官。

巧巧一隻手下意識捉上他的衣襟，夏城啣住她柔軟的唇瓣，舌尖探入，那樣的索求讓巧巧體內的閥門有些鬆動了。

她聽見夏城酣沉的嗓音，在她耳邊帶著鼻息。

「妳在這裡。」

巧巧聽著有些微醺，眼神朦朧地望上他逆光的臉。「什麼？」

夏城以鼻尖蹭過她泛起紅暈的頰面。

「妳在這裡，我很開心。」

他一字一句說得不緊不慢，聽得巧巧簡直忘了呼吸。

她想念被渴求。

被需要。

被索取。

更想念自己本身的存在，就可以是美好的，這樣一件事情。

巧巧抿出了笑靨，湊身跪踞於夏城蹲敞的雙腿之間。

她挺直了腰脊，像是終於伸展的貓，塗著暗紅指甲油的修長手指攀上夏城寬厚的肩，輕而仔細地摩挲。她的指尖擦過他的肩際，脖頸，和散著體溫的耳後。

她仰首含上了他的嘴。

巧巧輕咬他柔韌的脣瓣，舔過他嘴裡的美味。舌尖傳來的敏感，讓夏城對巧巧的這一面有些意外。

意外的好。

脣與脣的摩擦，令夏城燥熱起來。

夏城略略粗糙的手指探入她薄薄的T恤，在她細緻的腰際曖昧滑動，微癢的撫摸讓巧巧輕喘，那樣的悶哼像是誘人的嚶嚀，使夏城反射性地啃吮她的脣尖，一隻手抽出她的上衣便按緊了她的後頸，不由得吻得粗魯了。

巧巧睜眼，只見他黑色的眼眸像是斟滿了酒，令她暈眩發燙。她吞著滿口酣甜的唾沫，感受頸背上發燙的指尖。

他鬆開了嘴，側著臉在她白皙的頸邊落下細細綿綿的親吻。巧巧順勢抬起了臉，望上天花板灰白的燈。

她想起趨光的道理。

那些昆蟲，是不是也曾有這樣的感受呢？

朝著看上去溫暖的地方。

巧巧忽地感到鼻酸，闔上了眼。她伸手環住了夏城的頸，突然的擁抱讓夏城提眸看上她的面容，只消一秒，夏城就看出了她隱約的陰鬱。

他的嘴湊上她的耳，低語：「怎麼了？」

「我希望你永遠都不要離開我。」巧巧垂視著他的肩，微聲地說：「如果哪一天你要離開了，可以老實告訴我嗎？」

夏城聽著，不由得想起了唐辰說過的話。

——巧巧在感情上吃過很大的虧。

他忽然就不高興了。

夏城一下子單手按倒了巧巧，瞬間後躺到地毯上的巧巧睜大雙眼，直直望著撐在她上方的夏城，那有些逆光的臉龐看上去相當不滿。

「我在這裡，妳還在想其他人？」

夏城的嗓音忽然冰冷，巧巧不由得片吋心慌。

「什麼？我沒有，我只是……」

「妳會對我說這些，不就是擔心我會離開嗎？不就是把我想成和他一樣的人了嗎？」夏城怒火中燒地咬牙。「太侮辱人了，妳有沒有禮貌？」

巧巧一瞬間覺得夏城似乎變得有血有肉，她睜大圓圓的眼睛盯著夏城火大的表情，頓時就笑了出來。

笑了出來？

夏城一秒之間腦內布滿鋪天蓋地的問號。

這是適合笑的時候嗎！

夏城皺起眉。「妳在笑什麼？」

而巧巧只是笑得眉目彎彎地，用著滿足的眼神望著滿面疑惑的夏城。

她說：「你這麼愛我了呀。」

「什麼？」

然而巧巧繼續無視夏城的困惑，抬起雙手攬住夏城的脖頸，夏城被這一攬，攬得向下趴伏在巧巧身上。

巧巧沒有管他，兀自將夏城抱得嚴嚴實實。她的雙腿環住他的腰際，側臉磨蹭著他的臉。

她回想著他為她憤怒的模樣，又一次開開心心地笑了。

夏城在她身邊，表情多了。

顯然不在乎一切的夏城，已經不是對什麼都不在意的人。

巧巧決定順著夏城的意，住進夏城的住處。

可在這之前，她得回家一趟。

「我得回去拿一些換洗衣物。」

「那我跟妳去吧。」夏城抓起門邊掛著的鑰匙，來到巧巧身邊。

然而站在前廊的巧巧忽然大聲：「不用！」

夏城有些詫異地瞠目望著巧巧，只見巧巧快速整理了表情，溫柔地笑彎雙眼說道：「你跟我一起去你一定會堅持幫我搬東西的，不可以。現在你骨折要盡量靜養，不要拉扯到傷口，你這才受傷第一天，修復的黃金時間啊。」

她下意識抬起一隻手，眼看就要習慣性地搔抓頸邊了，又倏地打住，轉而輕撫了下夏城包著夾板的右手。巧巧的背脊一下子滲出冷汗，趕緊穿上鞋，便轉身拉開了大門。

夏城伸出左手抓住巧巧的手臂，壓低嗓音：「妳在焦慮什麼？」

巧巧抿緊嘴脣，背對著夏城，不敢回頭。

夏城看著巧巧緊繃的肩背沉默下，嘆了口氣。

「這麼晚了，妳一個人太危險了。」他鬆開巧巧的手臂，對著她的背影說：「我陪妳一起過去，但不進妳的家門，這樣可以吧？」

巧巧這才緩地轉身，一臉委屈。「我不是不讓你進去……」

「那為什麼是這個反應？」

「我哪有什麼反應。」巧巧不知為何嘴硬起來。「一起去就一起去。」

結果二十分鐘後，搭計程車到了巧巧居住的社區，他們並肩來到三樓套房的門口，巧巧笑咪咪地對夏城說了句：「你還是在這等我就好，我家很亂。」

灰白的走廊燈光下，夏城面無表情地與她四目相接。

他說：「妳果然還是不讓我進去。」

她蹙起眉，又說了一次：「我不是不讓你進去。」

於是他也又說了一次：「那為什麼是這個反應？」

這次巧巧沒再嘴硬了，說道：「因為我沒有整理房間……」

「那就叫不讓我進去。」夏城眼神銳利地盯著臉越壓越低的巧巧，傾身附在她耳邊問：「裡面有不能讓我看的東西？」

「不是！」巧巧急忙澄清。「只是一些不想給你看到的東西！」這話一出，那叫一個越描越黑。
夏城沉下了臉。
巧巧見狀趕緊補充：「就是一些亂丟的衣服、很髒的地毯……」
「我不介意。」
「我介意啊！」
「那我介意妳不讓我看妳最真實的一面，妳要怎麼辦？」
「不是、你不要情緒勒索啊。」巧巧打哈哈起來，拿出鑰匙快速開了門就往套房裡鑽。「在外面等我一下哈。」隨而就要把門關上。
然而夏城一個伸手，左手紮實地擋住了門板。
哐的一聲，嚇得巧巧停住關門的動作，咤咤驚呼：「你瘋啦！你左手也不要了嗎！」
就在她低頭想察看夏城的左手時，夏城立刻推門進了套房，把門給關了。夏城按開了牆上的燈鈕，室內啪嚓一亮，巧巧正想開口，後腦卻猛地被他以左手一按，整張臉給埋進了他的胸口。
「放ㄎ……」
夏城按壓的力道太大，想要繼續掙扎的巧巧一張嘴被壓得一個音都發不好，只能用雙手推擠，卻推也推不開。夏城任由懷裡的人無謂掙動，兀自環視一圈。

燈光下是一個約莫十坪的空間，夏城捕捉到的細節是，電視櫃上的領帶，開放式鞋櫃裡的大碼拖鞋，還有書架上的一瓶男性古龍水。

巧巧這時慌張地用力掙開夏城的箝制，她頭髮凌亂地望向自己的住處，巧巧捕捉到的細節是，電視櫃上一整排的 Polly pocket 古董袖珍玩具屋，鞋櫃上擺放的三隻大型 ZURU 絨毛玩偶，書架上整齊陳列的宅味漫畫與無數扭蛋。

巧巧快要崩潰了，夏城也差不多，雖然方向完全不一樣。

「你聽我解釋……」

「妳在等他回來？」

「我——吭？」巧巧蹙起眉。「等誰？」

夏城悶著一張臉，舉步將領帶、拖鞋扔到巧巧跟前，又單手將古龍水湊到巧巧眼前。

「擺著這些，是在等他回來？」

「什麼？當然不是！」

巧巧大聲聲明，壓根沒注意到那些江楠曾經留下的物品。她只是在江楠離開她的生活後就開始肆無忌憚地擺出她的個人喜好，她總是在與人交往的期間藏好她的小收藏——不是指數量。

巧巧繃緊了臉，試探地問：「你沒有冷掉嗎？」

「我當然冷掉了，看到這些東西誰不冷掉。」

夏城指著那些男性用品，兩個人沒在一個頻道上。

巧巧說：「我不是指江楠之前留下來的東西，我是說那些古董玩具還有絨毛玩偶……」還有漫畫和扭蛋，復古卡通食玩，套色火漆全配備，多到可以疊座山的微縮場景小鐵盒……東西太多了她一下子說不完。

她緊張地抬頭望著他，他納悶地低頭望著她。

「什麼玩具？」

夏城低沉地問，巧巧睜大眼睛。

「電視櫃、鞋櫃、書架上都是啊！」還有抽屜，衣櫃，收納箱。算了，他不需要知道這些。巧巧抿緊嘴，一臉沉重。

夏城的臉看上去也很沉重。「我沒看到什麼玩具，就算那些是玩具我也不會像妳說的冷掉，我喜歡妳拿到玩具時的樣子，我都想買給妳了，我為什麼會在意妳擺了滿屋子玩具？」夏城說著像是情話的句子，臉硬是相當嚴肅。他說：「我只看到妳需要丟掉的東西。」

巧巧順著他的視線，看了看地上的領帶拖鞋和他手上的古龍水，再看上他惱火的表情，不由得笑了。

「好，我們來丟東西。」

巧巧愉快地到流理臺前抽出垃圾袋，俐落地撢開。她將所有江楠曾留下的東西都掃進袋子裡，這些年她只是懶得整理，她毫不在意，可這裡有一個人相當在意，還氣得像一尊哪吒站在那裡。

胡巧巧第一次連丟東西都能感到幸福。

夏城見巧巧當真毫無留戀的姿態，也就氣消了，可他自覺自己有些幼稚，於是有些不自在地板著臉，巧巧見他這副模樣，笑著要他找個地方先坐一下。

「客廳我還在整理，你到我房間吧！」

巧巧將夏城推進一旁的房門。

門裡是一間中規中矩的，粉色牆面的臥室，裡頭僅有一張標準雙人床，與一張胡桃木書桌，配一把同款木椅。

巧巧要夏城靜候一會兒，就又抓著塑膠袋跑回了客廳。

夏城環顧了下，坐上木椅，他看著桌上凌亂的書刊，都是些漫畫刊冊，當中還有些他不是很懂的同人本。夏城覺得巧巧的這一面很有意思，他不知道這些有什麼好丟臉的，他還想讓巧巧給他解說一下本子上寫的ＢＬ是什麼意思。雖然等他知道之後他應該會寧願不知道。

就在夏城隨意翻看時，他發現書桌的抽屜邊沿露出了一張卡紙，似乎是闔抽屜時不小心夾到而外露一半的卡片，他也沒多想，就用左手拉開了抽屜。

卡片順勢掉到抽屜裡，那是一張名片，上頭寫著徵信社的資訊。

夏城疑惑地皺眉，正想伸手時，身後傳來巧巧的聲音：「你在看什麼？」

夏城回過頭，自覺自己過分涉足她的隱私了，下意識道歉：「抱歉，我只是看到有一張名片夾住……」

巧巧拿著已經塞得鼓鼓的垃圾袋來到夏城身邊，與坐在椅子上的夏城一起看進那只抽屜裡。

「哦，這些也可以丟掉了。」巧巧雲淡風輕地一面笑道，一面將裡頭的徵信社名片、一疊文件，以及一個牛皮色信封，一併扔入垃圾袋裡。

隨後巧巧輕鬆地哼起不成調的小曲子，轉身走進一旁的浴室，將一些江楠的刮鬍刀與男性洗面乳塞進袋子。

夏城透過門框看著巧巧的背影，有些欲言又止。家裡有點玩具很正常，但家裡有點徵信社的名片是不是有點怪了？偏偏巧巧對於徵信社名片的反應，怎麼看都比較普通，夏城一下子分辨不出正常的門檻在哪裡。

然而當夏城啟口想要問清時，巧巧忽地轉過身，她走出浴室，笑著把塑膠袋舉高。

「該丟的都包好了，我很乖吧！」

巧巧笑彎了一雙棕色的杏眼，那討稱讚的撒嬌語氣讓夏城一怔。

竟什麼都沒想在乎了。

巧巧在扔完江楠留下的物品後回到房間，立刻就被夏城隻手又拉出了房門。

「咦？什麼？怎麼了？」巧巧一頭霧水地被拉到客廳，又被一路拉出了自家大門。

夏城未受傷的那隻手死死拉著巧巧走到外頭的樓梯口，停頓下，又一本正經地把巧巧拉回家門口，一言不發地看著巧巧。

巧巧一臉懵。

啊。鎖門。

胡巧巧下意識地關門，鎖門，夏城這才滿意地拉著巧巧走下樓梯。

「等等，你要帶我去哪裡？」巧巧跟在夏城身邊問。

夏城不說話，一走出社區就攔了輛計程車。當巧巧隨夏城一起上車時，她立刻深切地感受到一件事。

我這麼信任這個人了。她心想。即便不知道目的地，她也願意毫無反抗地跟隨這個人來到這裡。

巧巧望著正向司機報地點的夏城，漆黑的眼睛溫潤起來的模樣，讓巧巧不由得唇尾微翹。那一副漆黑的眼睛什麼時候變得這樣溫暖了。

他們是不是都為彼此，做到了沒有人能讓自己做到的細小改變呢。

巧巧在計程車後座湊近了夏城一些，滿足地抱上他的手臂，側臉偎上了他的肩。夏城低頭看著身邊笑得眼睛瞇得看不見的巧巧，剛毅的神情不明顯地染上了笑意。

雖然下一秒他只是恢復鎮定地單手捉起巧巧的手，將巧巧挪回座位的那一側。

他看著她。她看著他。街道路燈在行駛的車內變得鑠鑠閃閃，微弱的光線一瞬不瞬地映在她疑惑的面容上。她的臉頰紅撲撲，一隻手還捉著他的袖口，他突然就震驚了，世界上不可能有這麼可愛的生物。他心想著這一句感想，不自然地吞嚥，臉頰燒熱，講出來的卻是：「妳坐好，這樣在車上很危險。按照近年來交通意外——」

「夏城。」巧巧忽地打斷他未完的話，對著他抿出非常幸福的笑靨。

像是看穿了夏城，她說：「我怎麼會這麼喜歡你。」巧巧欣喜地上前啃了一口夏城的鼻尖，又立刻退回自己的座位。「我喜歡到想把你整個人吃掉。」

一句小情話被巧巧低沉著嗓音說得太過認真，讓前面的司機大哥一下子毛骨悚然，斜目透過後照鏡看見巧巧笑得相當燦爛。

夏城則是整理出一副淡定的模樣，他點點頭，對巧巧說：「不用擔心，這種現象在心理學上有一個專有名詞叫做 cute aggression，當人看見自己喜歡的生物，大腦的情緒區與獎賞區就會受到刺激，以至於產生想要咀嚼吞食的慾望，所以會需要去咬、去啃，才能夠讓自己冷靜下來，這是一種很自然的反應。」

什麼咀嚼？吞食？什麼東西？很自然的反應？司機大哥越聽越覺得這兩個人都不太對勁。

然而後照鏡裡的胡巧巧只是頓時露出恍然大悟的表情，讓司機大哥下意識踩了油門，只想盡快把這兩個傢伙給送下車。

夏城帶巧巧來到一座有湖的公園。夏城稍早趁巧巧去丟江楠留下的物品時按開手機，在搜尋欄打上：約會，空一格，地點，空一格，推薦。然後就出現了這裡。

下了計程車，胡巧巧自然地挽起夏城的手。她環顧四周。

「啊，太好了，我很喜歡這裡。」

「妳來過？」

「怎麼了，介意？」巧巧斜目過去，撩起一側嘴角。

只見夏城繃了下臉。「沒有。」

巧巧正中下懷得意地蹭近他一些，拿他的手來牽自己的手。

「但是第一次『和你』來，因為是和你，所以跟以前都不一樣，和你在一起的感覺，跟過去我和任何人走在一起的感覺都不一樣。所以此時此刻就是我第一次感受到的經驗。」巧巧一面把玩他的手，一面說。

夏城望著她路燈下的溫軟面容，眼神不由得柔軟了下來。「嗯。」他輕應，反手將巧巧把玩手指的那隻手給緊緊握住，朝前走。
夏城覺得自己好像被摸頭了又好像沒有。
胡巧巧跟著走的時候抬頭望他，他的側臉看上去雖然柔和了，卻還有些倔，她看著不由得笑了。
「你知道我說的不無道理對嗎？」巧巧晃晃他牽著自己的那隻手，說道：「一個人一生遇見的人那麼多，去過那麼多景點走過那麼多路，每一秒都是不一樣的，那時的胡巧巧不是這時的胡巧巧，這時的胡巧巧只活這一秒，而這一秒，是活給姚夏城的。這些你也都明白，對嗎？」
夏城對上她的視線，牽著她在一旁湖邊的長椅坐了下來。
「我明白。」
夏城看向前方的湖景，抿了下薄薄的嘴唇像是有點委屈。
他說：「我可能只是希望能更早一點碰到妳。」
巧巧聽著睜大眼睛。她看著他，只見夏城望向湖面的眸子映上點點湖光，他的鼻尖，他的嘴唇與嚥唾沫時滾動的喉結——好可愛，想啃上去。夏城說這是cute aggression，是很正常的，所以胡巧巧對於自己獵奇的慾望感到很坦然。
夏城還在說著：「可能我只是希望我能更早帶妳來，跟妳同時第一次看見這裡的景象。想知道妳第一次看見這些的時候，會露出什麼表情、說什麼感想。」

巧巧心一緊，忍不住蹭進夏城的懷裡。

她將臉埋進他的胸口，嗔聲說道：「你怎麼還是沒有懂。更早的我，不是你愛上的那個我。你為什麼比較想帶那個我來看湖，而不是更想帶現在的我？我吃醋啊。」

夏城聽得一怔，垂眸失笑。「說什麼啊。」

他低著視線望著懷裡的胡巧巧，彎著食指順了下她小巧的鼻尖。

她笑起來，望上夏城時只看見那眼尾微垂的黑色眼睛像是含著暖陽，這是她第一次看見他的眼神那麼溫柔，像是他愛她足以融化一整個她。胡巧巧在剎那間明白了一個特別冷漠的人，可能愛一個人的時候反而特別深刻。

巧巧微笑起來。我可能是世界上最幸運的人了。她心想。

她伸著脖子吻了他的臉，縮回他懷裡時酣甜地說：「我在說的是，再也沒有任何人比現在的我更愛你了，包括任何時期的我都比不過現在的我，現在的我愛你的程度，高過我這一輩子對任何人產生過的感情，所以我建議你好好對我，別讓現在的這個我跑了。」

夏城聽著不禁以鼻息哼笑，隻手扳過她的臉就往她伶牙俐齒的嘴吮吻，這一道親吻繾綣綿長，脣與脣的摩擦，舌尖的掃探，他掐著她的下頷舔吮她的脣尖，不斷交替下，巧巧被吻得幾乎缺氧，最後只能滿臉通紅地把他推開。

「你！」胡巧巧對於夏城突然的主動感到赧然，隻手捂住自己被吻腫的嘴，雙頰發燙地睜圓眼。在夏城面前，巧巧的 cute aggression 簡直是小兒科。

然而夏城只是悠然地以拇指擦過自己溼潤的嘴角，漆黑的眼睛笑得微彎。

巧巧看得一愣，那一刻她只是在想——

**啊。**

**跑不掉了。**

夏城向公園裡湖邊的業者租了一艘小船，他帶著巧巧坐在漂搖的船上，月光灑在巧巧婉麗的臉龐，像是銀色筆刷勾勒在那微翹的嘴角上。

夏城的手受傷，只能由巧巧划槳，他看著她不疾不徐划槳的模樣，心想她有多美，還有划船時候用到的牛頓第三運動定律。

「你在想什麼？」隨船輕晃的巧巧問。

「牛頓第三運動定律。」結果夏城挑的是這一句。

巧巧笑出聲來。

「作用力與反作用力？」

「嗯。」還有妳很漂亮。夏城心想，但他沒有說。他說的是：「船是利用水施加給船槳的反作用力向前行駛的。」

巧巧笑得更大聲了。

「真的是反作用力啊，妳為什麼要笑？」夏城正經地問。

巧巧固定了船槳，抹抹差點笑出眼眶的生理性眼淚。「我怎麼會期待你在這麼浪漫的場景會講出什麼浪漫的話呢，我的錯。」

船身在湖面上輕輕擺晃。

胡巧巧笑意未減，然而夏城立刻就有些喪氣了。夏城像隻垂下耳朵的落水狗，露出有些黯淡的神情。敏銳的巧巧一下子就發現了，她瞬間收住笑聲，俯身由下往上端看夏城瞅向別處的臉。

「怎麼了？我不是在諷刺你呀。是覺得你可愛，別誤會呀。」

「嗯。」夏城又一次慣性低應，垂下視線。「我只是還不知道怎麼在對的時間說讓妳開心的話，我還沒有很熟練，對不起。」

胡巧巧一怔，被眼前男人的模樣給正中紅心，一下子竟心悸起來。這位先生的可愛約莫是沒有上限的。

巧巧隻手摀嘴，皺眉露出被萌一臉的表情。

夏城未覺巧巧的表情反應，仍低著臉說道：「我知道妳以前遇見的人應該很知道怎麼逗妳開心，應該知道怎麼把話說得更——」

「不。」巧巧伸手捧起他的臉，對上視線的時候，她粲然地說：「你是最好的。我說過了，我喜歡聽你說話。我最喜歡聽你說話。多跟我說一點，好嗎？」

夏城凝視著月光下的那張笑靨，心底忽地感到暖煦踏實。這是他從來沒有感受過的，如同一個歸所。能夠包容，深愛他的一切。他望入她眼尾微揚的棕色眼睛，像是踏入家門，得以說聲我回來了，那樣的歸屬。

夏城揚起脣角，側臉埋進巧巧捧在他臉上的掌心，側目瞅向巧巧時，他幽黑的眼眸含著深不見底的笑意。

「我怎麼會這麼喜歡妳。」

他語氣深邃地回敬巧巧曾說過的話，聽得巧巧猛地臉一紅。

平平都是同一句話，怎麼殺傷力差那麼多！

胡巧巧咬了下脣，收回捧在他臉上的手，斜睨他一眼。

「還說不會說話呢。」

夏城聽了只是笑，傾身湊近她的臉，低聲說道：「還是妳更想聽牛頓第三運動定律？」

夏城身上好聞的氣味隨著湊近，縈繞在巧巧鼻間。

巧巧彎起粉色的脣瓣，同樣湊近。

「你還是不要說話吧。」

【第七章】融合在一起的

清晨，他們從同一間屋子走到同一間公司，在相鄰的座位上坐下，他們按開電腦，早會就要開始了，夏城在審視早先準備好的企劃案，做最後補強。夏城眼神幽靜地掃視螢幕，抬手要補上幾行陳述，巧巧在旁看著夏城包紮起來的那隻手覺得心疼，想替他打字，卻看到夏城忽然以超乎常人的速度單手敲起鍵盤。

啊。

巧巧想起來。

夏城的手傷確實造成連日來工作上的不便，以至於他的工作效率現在只比一般人快一倍。

這人神共憤的工作能力。

「我覺得你根本不需要我幫忙……」巧巧雙手放在辦公桌上，挫折地低下臉喃喃。

夏城瞥過她一眼，望向自己繕打企劃案的單手，停下想了想。

「我可能需要妳幫我個忙。」

巧巧聽著立刻雙眼放光，湊近問：「什麼忙？你說。」

夏城提高眉梢微笑著傾身，靠近她的臉低語。

「拿妳的嘴碰我的嘴一下。」

「什……」巧巧倏地刷紅了臉，為免旁人側目，她壓低了音量：「你哪裡學來的這種流氓話！」

見巧巧紅臉的模樣，夏城有些愉悅地勾起一側唇角，往她臉上啄了一吻。突然的力道伴隨他唇上的柔韌觸感讓巧巧倒抽口氣，警戒地望向周遭。

同事們全數準備著早會各自要報告的項目，沒人看見。

巧巧瞪回夏城，仍壓著音量：「你做什麼！」

夏城這次吻在了她的嘴上。

他的鼻尖擦過她的鼻梁，鼻息在她的臉上漫過一絲旖旎的熱度。

巧巧一瞬間捂住了嘴，這才發現這次夏城不知何時拿了一紙文件，擋住了方才的吻。放下文件時，燈光灑在那張俊氣的臉，笑眼竟有些狡黠。

無人知曉。無論是方才的親吻，又或這一面的夏城。

夏城在會議結束後看見安迪走在巧巧身邊，安迪告訴巧巧：「我和鍾甄最近感覺不錯。」

巧巧作為一個凡事敏銳的旁觀者，聽到這裡不由得為安迪感到開心，興奮地提高了語調：「太棒了！」腳步甚至不明顯地歡快了起來，卻還是被巧巧身後的夏城看了出來。

夏城不知道他們在說什麼話題，蹙眉上前，擠到了安迪與巧巧之間。

巧巧抬頭望上夏城有點臭的臉，又看向被迫退了幾步一臉茫然的安迪，她一下子了然於心，咧齒笑了。

巧巧側身貼上夏城，偷偷牽了一秒他的手，另手指向安迪笑道：「快點一起恭喜他，他要脫單了。」

「脫單？」夏城對陌生的詞彙感到納悶。
「就是脫離單身啦。」
巧巧笑得很慈愛，真心為他人開心的模樣又一次打中夏城，夏城心一熱，手一下就握上了巧巧懸在半空指向安迪的那隻手。
巧巧愣住。
安迪也愣住。
「那個……」巧巧尷尬地維持被握住手的姿勢，用眼神示意夏城放手，夏城不放，開完會經過身邊的同事零零星星投以好奇的眼光，巧巧察覺了，繃著笑容對夏城小聲道：「這樣不太好……」
夏城停頓下，反把手握得更緊，甚至將巧巧的手一把拉到胸口。
他說：「為什麼？可是妳剛剛就牽我的手啊？」
巧巧愣住。
安迪也愣住。
巧巧的臉紅起來。
安迪左右各看了一眼緊張的巧巧與淡定的夏城，識相地說：「那個、我先回去忙了，你們聊。」

安迪走時，還順道把一些駐足側目的同事給打發走了，會議室外的走廊頓時剩下巧巧與夏城兩人面對面相望。

巧巧緩地抽回自己的手。

「我剛剛牽你是希望你不要不安，我和其他男生對話你不需要擔心。而且我剛剛是偷偷牽你的，才沒有像你這麼公然。」

「公然不好？」

夏城吶吶地問，巧巧立刻就明白了，這人壓根沒有內建基本的社會觀感概念。

巧巧捏了下自己的鼻梁，踮腳輕輕拍了拍夏城的額際。

「一般來說，辦公室戀情不太好啦。傻傻的。」

夏城歪了下腦袋。「為什麼？」

「哪來的那麼多為什麼呀，當然是別人會覺得我們會因為談戀愛影響工作啊。」

「為什麼會影響工作？」

「工作分心，工作進度變慢呀。」

夏城聽著認真想了想，正經地說：「我不會。」

嗯，我也覺得你不會。

巧巧想著，終究還是笑了出來。

巧巧不太知道怎麼讓夏城明白不要晒恩愛這件事。

「夏城。」

「嗯。」

「我覺得你需要坐好。」

「我有坐好。」

「你沒有。」

巧巧瞇著眼睛，皮笑肉不笑地斜目看著將整顆頭放在自己肩上的夏城，下班時分，人群散去一些的辦公室裡，夏城的下頷抵在她的肩頭，與巧巧一併審視她的電腦畫面。

巧巧抖動了下肩膀，待夏城不情願地坐好，她才繼續繕打起資料。

夏城有點不開心。

「為什麼在公司不能靠近妳？」

巧巧聽著，停下敲鍵盤的雙手，認真地看向夏城。她說：「因為這樣別人的觀感不好。」

「別人的觀感為什麼要我去解決？」

「不是這個邏輯，我們要顧的不是別人的觀感，而是別人的觀感不好帶來的後果。」

「後果？」

「講背後話呀。我總不會想要你被人講成不會看場合的人吧。」巧巧笑道：「我在顧的不是別人，而是你。我希望你不要被那些不好的聲音影響。這樣你有明白嗎？」

夏城聽了思忖下，點點頭。「我明白。」

巧巧見夏城露出一副乖順的模樣也就欣慰了，彎著眼睛給了他一弧溫婉的笑，復而望回螢幕繼續趕工一間複合式餐廳的設計案。

夏城則一手攬住她的腦袋，傾身往她的髮間吻上一口。巧巧沒料到這舉動，雙眼給瞪得老大。只見夏城老神在在地拿起桌上的馬克杯，起身準備去一趟茶水間。

巧巧抬頭不敢置信地對夏城說：「你還說你明白！」

夏城歪了下頭，抿出一道意味深長的微笑。

「我說我明白，我有說要照做嗎？」

當夏城說完拿著馬克杯離開，胡巧巧愣在當場，臉竟不爭氣地熱了起來。

一瞬間胡巧巧就知道，這個人她永遠贏不了。

下班回到夏城的住處時，胡巧巧把方才路上買的熱食放上桌。

她看見夏城一如既往地走進廚房拿餐具，一如既往地走到她身邊，隨著她一起坐在桌子前。

夏城用餐時沒有看電視的習慣，也沒有滑手機的習慣，他會專注地盯著餐食，一口一口細細咀嚼吞嚥，品嘗每一次綻在味蕾的氣味。

巧巧有交往對象時就喜歡像沒有骨頭的人，側頭靠在另一半肩上，一面吃飯一面看著手機裡的劇集。

於是連日以來的晚餐時間，就形成了夏城一動不動，只有手與嘴做著進食的動作，巧巧則懶洋洋地倚在夏城身上，雙眼直盯著手機螢幕的景象。

夏城側眼看了巧巧一眼，只見巧巧機械式地往嘴裡送飯，他抖動了下肩膀，害得巧巧一腦袋滑了一下。巧巧看劇看得聚精會神，把腦袋又靠回原位，眼睛沒從手機上移開。

夏城又震了下肩，這回巧巧蹙眉咕噥了聲：「別動。」

夏城以鼻息吁出短促的笑，彎著食指輕輕劃過她的鼻梁。巧巧抬起眼，她棕色的眼瞳在鵝黃色日光燈的照射下，顯得貓眼般剔透。

「怎麼了？」

「沒怎麼。」夏城沉著嗓音，語帶調侃地說：「我覺得妳需要坐好。」

巧巧一下子就聽出這是在回懟她在公司對他說過的話。她彎起一側脣尾，瞇起杏眼湊近他的臉。「挺記仇呀。」

夏城順勢含上她的脣，一口，一口，慢慢將她吃飯吃得黏在嘴上的小碎末給舔了乾淨。

胡巧巧震驚了。

她隻手捂嘴地睜大眼睛，夏城只是靜靜地望著她這副模樣，脣邊的笑意像是得逞的孩子。

「不可能。」巧巧瞠目皺眉。
「不可能什麼？」
「你不可能這麼會。」
「這麼會不好？」
「我說過了，太會不好。」
「為什麼？」
「因為會讓我忍不住想你以前是不是也這麼會。」
夏城聽著想了想。「以前不會。」
巧巧不信。「不可能。」
夏城看著巧巧認真警戒起來的神情，不由得笑出了聲。低沉溫暖的笑聲讓巧巧又更生氣了，連笑聲都這麼好聽！
胡巧巧一想到曾經的夏城有可能為別人笑出這樣美好的聲音，就感到煩躁。
夏城見胡巧巧眉間起著褶子一直消不下去，下意識用食指輕抹，巧巧的眉宇沾到手指些微粗糙的觸感。
可惡。巧巧鬆開眉間。
夏城微笑起來，眼神和煦得不像話。

他說：「我只有對妳才會。妳相信或不相信，都不會改變事實。」

巧巧望著夏城無比懇切的雙眼，竟忽然有些鼻酸。他說得是真的，她這一刻相信了。她想通了，她只有在夏城面前無從淡定而變得真實，夏城又怎麼不可能只在自己面前變成這一副惹人心動的模樣呢？

巧巧望著她如此喜愛的、這一刻的夏城，不由得吸了吸溼潤的鼻腔，雙手攬上夏城溫熱的後頸。

她闔上眼睛。

「嗯。」第一次，她真心地說出「我相信你」這樣危險的話。

胡巧巧從沒有相信過人。

有時她連自己都不相信。

早晨，日光由窗簾縫隙灑入一束光。天剛亮，夏城起得早，他坐在床沿輕輕撫摸巧巧的臉，巧巧蜷在被窩裡，發出囈語，白淨的眉心蹙了又鬆。

夏城沉著嗓音款款地喚：「起床了。」

巧巧努力地撐開眼，隱隱約約看見渲上微光的那張臉，那雙眼，第一時間就迷糊地對他笑了。

他們已經同居很多天，巧巧總會在甦醒時對他微笑，動作遲緩地半坐起身，渾然癱軟地趴伏上夏城厚實的背脊。她會模糊地呼喚夏城，夏城。夏城會低應，然後發出像是在笑的鼻息。她會慢慢地跪踞在床鋪上，雙手扶著他溫熱的肩，側臉貼上那短髮下散著熱氣與他的氣味的後頸，深深呼吸。他的氣味是乾燥的。

一天。

又一天。

周而復始。

胡巧巧的臉輕蹭他後頸的皮膚，鼻尖湊近他的髮梢，像是想和這個人融為一體，永無分離。

巧巧笑起來。

清脆的笑聲讓夏城側過臉。「怎麼了？」

巧巧搖搖頭。「只是突然發現一件事。」

「什麼事。」

「我好想和你融合在一起。」

「為什麼？」

「這樣就不會分離。」巧巧伸手擁住夏城的腰，闔上眼，開口的聲音輕飄飄地含著笑。

夏城聽著莞爾。「那妳發現什麼了？」

「我發現我才這麼想著，我就安心了。」

巧巧鬆開手，慢慢地坐到床沿，雙腳踩上床邊的地毯，腳板拍打出輕快的節奏。

她側肩靠上與她並肩而坐的夏城，隻手握上夏城的手，與夏城一樣望著房間前方被日光打亮的一道光痕，那裡看上去閃閃發光。

胡巧巧說：「因為我相信我們不會分離。」

夏城盯著被光束照亮的、桌上折射光點的玻璃杯，嘴角的笑意未減。

巧巧轉頭看著夏城，夏城也同時看向巧巧。

她說：「我看向你的時候，你也看向我。」

他說：「我好像懂。」

他好像懂。

夏城不是沒有經歷過感情，可他沒有經歷過和巧巧這樣的感情。

當她看著他的時候，他能感受到，於是他也看向她，這並不是理所當然。

巧巧審視著夏城的面容，食指如勾勒著畫作般輕輕撫過他的臉。她說：「我看向你的時候，你能感受到我看著你，是因為你無時無刻不在注意著我，所以你感受到我，所以你願意為我轉頭、願意看向我。」

你看著我，如同我看著你。我有多愛你，你就有多愛我。

我覺得呀，夏城。巧巧說。

「我們已經融合在一起了，對嗎？」

夏城望入巧巧帶笑的雙眼，那裡有碎星一樣的醉人光芒，讓夏城不禁笑開了眉眼。

巧巧第一次望見夏城這般笑容，一愣，那笑容太過滿足而清朗，讓巧巧一顆心又躁熱起來。

巧巧鬼使神差地吻上他的嘴，夏城瞅見巧巧酡紅的臉頰，竟一下子悸動地起了些壞心眼。他將巧巧翻過身按倒在床，巧巧被壓得只能面朝下，趴在床上不得動彈。

「你幹麼！」巧巧一下子察覺夏城的身體精神起來了，慌張地抓來床頭櫃上的鬧鐘。「你看這都幾點了！上班會遲到的！你快冷靜下來！」

夏城低沉地笑。「不是妳要我和妳融合在一起的嘛。」

巧巧心一驚，大叫：「我跟你肺腑之言，你怎麼——啊！」

夏城褪下巧巧的睡衣，隻手搗鼓出巧巧後來的嬌嗔與謾罵。

夏城聽得很滿足。

不要怪他，他現在只是一個幸福的少年。

# 【第八章】活狀態與死狀態的

上午，姚夏城到一間肉品公司約訪客戶，客戶對於自家產品與希望的行銷方向滔滔不絕，夏城已經盡量高效率地歸整客戶天馬行空的構想，會談結束卻也來到了中午十二點零五分。

他傳了訊息給巧巧，說趕不上午餐，要巧巧中午自己記得吃飯。人在公司的巧巧回傳了個乖巧說好喔的貼圖。

客戶送夏城到門口時，問了夏城：「耽誤你這麼長時間，我請你吃飯吧。」

夏城還握著手機，抬眼就見客戶一副燦爛的笑臉。客戶是一位年約四十出頭的女性，熟齡卻帶著稚氣的神韻，妝容適恰而帶點韻味，可夏城覺得她的睫毛刷得太濃，口紅太豔，露背的衣著不夠端莊，碎花洋裝的裙襬再更長一些會更顯氣質一點。

她約他吃飯，他只想跟她說她的裝扮不ＯＫ。

「姚先生？」客戶輕笑著貼近夏城，傲人的胸圍若有似無地碰到了夏城的臂膀。「你還好嗎？想什麼呢，看你出神的。」

夏城移開了一步。

我在想妳這樣真的很不ＯＫ。夏城話到嘴邊，結果說出的是：「我在想剛才的會議內容，我得趕緊回公司處理接下來的方針，還是很謝謝您的好意。恕我失陪。」隨而對著客戶欠身，走出了客戶氣派的公司大門。

坐上車時，他回想了下自己剛才的表現，ＥＱ簡直太高了。

哎，看他學得多好。

巧巧一定會以他為榮的。

當夏城趕回公司，午休時間已經來到了中午十二點三十二分，巧巧早已經外出用餐了，整間辦公室只剩下一個掛著黑眼圈的張豐。

張豐坐在自己的隔間座位上敲著鍵盤，聽到夏城的進門聲響時抬頭，恰好與夏城四目相對。

「我聽說你去拜訪客戶，你吃飯了嗎？」張豐咧出一副本該爽朗但是黑眼圈過重所以看上去有點可憐的笑容，問：「如果還沒，陪我去買個飯吧。」

夏城一愣，點點頭。

「好。」

接著他們到了公司附近的快炒店，各點了一盤什錦炒飯。炒飯上桌的時候，張豐拿著湯匙囫圇杓了幾口，狼吞虎嚥起來。

夏城沉默盯著他這副說不上來的狼狽樣，左手握著湯匙沒動。

張豐瞥了夏城一眼。「吃啊，怎麼不吃？」他問，並且看著夏城尚包裹著紗布與夾板的右手，關切道：「對了，你的手還好吧？我聽說你是為了幫胡巧巧解圍。是不是因為那個姓江的狗東西？」

夏城有點意外連張豐都知道這事。他擺動了下右手。

「手還好，癒合得不錯。」夏城說：「不過江楠的事你怎麼也知道？」

「公司裡誰不知道啊，只是沒幾個人拿出來說而已。」張豐一面咀嚼一面告訴夏城：「你是因為後來才進公司所以你不知道，幾年前胡巧巧不知道著了什麼魔，明知道那個姓江的有未婚妻，還死不相信，接了他們的案子甚至她本人也都見過他未婚妻了，別人問起，胡巧巧還斬釘截鐵說他們不可能結婚的、那不是他的未婚妻。我們都不知道怎麼勸她。」

張豐嘆了口氣，又說道：「胡巧巧這人你也知道，她對人際關係很有一套，她在公司人緣好，還時不時就幫幫同事，所以沒幾個人會去說她背後話，大部分的人都只會說她很衰，是受害者。可是——」

張豐話及此，忽然打住。

他瞬間抬頭看著夏城的雙眼，一臉歉疚地丟下湯匙雙手合十。「對不起！我最近和唐辰吵架了好幾天都沒睡好，腦子抽了！我不知道我幹麼跟你說這些！你現在和她在一起，我講這些真的很白目！」

「不，沒關係。你說。」

「不了不了，吃飯吧，吃飯吧。」

「請你說下去。」

夏城的語氣倏地低沉，嚇了張豐一跳。

張豐睜大眼睛，見夏城一副面無表情卻氣場瘮人的態度，不由得就投降了。

「抱歉。」

他低下眼道歉，對夏城脫口而出：

「我不認為胡巧巧是受害者。」

下午的時候，夏城隻手支著腦袋，坐在辦公室裡看著坐在鄰座的胡巧巧。

中午張豐提供的資訊還在夏城腦內繞跑，他突然就想試探她一回。

夏城用左手將巧巧的旋轉辦公椅給拉近自己。坐在辦公椅上的巧巧手上還拿著一支筆，就這樣被轉得面向夏城。

巧巧眨了兩下眼，一副狀況外的表情。

「妳知道江楠快活不下去了嗎？」

巧巧被這一問，問得愣了。「活不下去？」他得了什麼絕症嗎？

夏城左手扶著她的椅背，將她轉向他的電腦，巧巧這才看見夏城電腦螢幕上的數據。

夏城研究了江楠服飾公司歷年的形象廣告，行銷手法全針對同一族群，企業雖在江楠接手的前幾季秀出亮眼成績，銷售額卻在近年明顯下滑，在這個復古衣著市場尚為小眾的年代，雖然特立獨行的年輕人消費力不容小覷，但時間久了，公司推出越來越沒有差異化的設計，還是讓消費族群有些疲乏了。

——無聊比醜還糟糕。

網路上出現這樣的評論。

就連公司推出的服飾都沒能新穎，行銷上再怎麼有力，也只是把預算扔入水裡。

他們這是連基本消費族群都要流失了。

夏城說：「這間公司再不創新，就要玩完了。」

巧巧看了會兒數據，這才理解地點點頭，隨而看向夏城纏著繃帶、被夾板固定的右手。「比起那個，你今天要去醫院換藥，我們今天早點下班吧，我不加班，你那邊有什麼事也挪到明天處理比較好。」

夏城沉默地注視著巧巧，巧巧納悶地回視。

她問：「怎麼了？」

夏城蹙了下眉。「妳沒想幫他們想辦法嗎？」

巧巧聽著提高了眉梢。「他們是委託我們幫他們做廣告平面，這次的合約也沒規定要幫他們拉高營銷，何況我們也不缺他們這一個客戶，他們倒了也對我們公司損害不大。為什麼要幫他們想辦法？」

那一刻，夏城對於巧巧這方面的無情有些欣喜，又有些詫異。雖然他還是沒有表情。

巧巧說完，微笑著往夏城被包紮的右手輕輕碰了碰。「今天換藥，記得喔。」隨後便單腳一蹬，靠著椅子滾輪滑回了原位。

夏城望回自己的電腦。

他是第一次見識到，巧巧分切情感的斷面能有多乾淨。她通過了他的試探，卻也讓他有些警醒。

他心想。

他肯定不要落得江楠那樣的下場。

巧巧把江楠的手機號碼封鎖了，可當江楠用陌生號碼打給她，她還是無可避免地接起，一聽見江楠的嗓音，她便立刻掛斷。

於是夏城天天就見隔壁座位的巧巧在辦公桌前一臉親切地接起手機，再一臉冷漠地掛上電話。

接起手機，掛上電話。

接起手機，掛上電話。

「我覺得這不是辦法。」夏城的右手終於拆夾板的那一天夜晚，夏城站在診所門外告訴巧巧：「一直掛他電話治標不治本。」

巧巧蹙眉。「那怎麼辦？」

夏城沉吟了下，伸出手。「手機給我。」

巧巧下意識將自己的手機遞到他手裡，隨而只見夏城將自己的手機放到她手中。

夏城說：「一個星期。」

「什麼？」

「我們交換手機，一個星期。」

「等等等，等一下。」巧巧的背脊竄出冷汗。「我以為治本應該是叫我再跟他說得更清楚一點，態度決絕地劃清界線，或乾脆讓我跟經理說一下，因為個人因素不適合再接觸關於他的廣告案什麼的……」

「沒有。」夏城一貫板著一張臉，說道：「我沒有想到那些。」

「可是你不覺得那比較實際——」

「沒有。」

夏城完全不顧交換手機帶來的工作不便等可行性細節，逕直將巧巧的手機放進自己的長褲口袋，轉身用康復的右手牽起巧巧。

「買晚餐，回家。」

夏城平穩地出言，帶著巧巧往人行道一側走去。巧巧跟在他身邊，抓著夏城發燙的手機，一臉懵。

一星期以來，雖然巧巧與夏城並肩坐在辦公室時，夏城的手機一響，巧巧就能遞給夏城接聽他自己的手機，可他們畢竟各自都有不只一件獨立的案子，經常會有一方外出洽公的情況發生。

於是。

巧巧接到無數次肉品公司客戶打給夏城的電話，巧巧說明自己是夏城的同事，每一次都解釋因為夏城正在與長官開會，所以委託自己幫忙接工作上的電話。

「合作上有什麼事都請不吝跟我說，我這邊會竭力為您服務，或者我這邊可以幫您留言，等夏城開完會就請他幫您處理。」胡巧巧在一次自己獨自出差的午後，又一次親切地回應電話那一頭的客戶。

客戶發出熟齡氣質的穩重女聲：「沒關係，那就請您轉告他，有空回撥給我就行。」

「好的。」

「對了，他最近好像經常都在開會？」

「啊，是的，真抱歉，就這一週而已，他這一週比較忙一點。」

「這樣啊，原來如此，不然我都要以為妳是幫他接電話的女朋友了。」客戶自己說著自己笑了起來。

巧巧握著手機微笑。

「我確實是他的女朋友喔。」胡巧巧一字一字說得字正腔圓，並且在電話那一端沉默的時候，輕盈地笑道：「我會請他回電給您的，合作上需要來回聯繫這麼多次真是抱歉，一定是我們夏城辦事效率不彰，**不然我都要以為您對他有意思**

了。」

胡巧巧重拾拿手的用說話來發溫和的刀，客戶這下聽了也就乾笑一聲，匆匆掛了電話。

巧巧站在高鐵站的月臺，看著夏城的手機變回黑屏，臉上的微笑映在螢幕上。

下一秒，螢幕亮起，是經理透過社群軟體傳來的訊息通知。

這一週以來，手機裡的社群軟體都登入為他們各自的帳號，所以在工作內部的聯繫上並無大礙。夏城並沒有對那位客戶用社群軟體加好友，所以才會造成獨獨那一位客戶經常打電話的特殊狀況，而巧巧早就在社群軟體裡將江楠給封鎖，於是造成江楠想盡辦法打電話給巧巧。

這會兒，等車的巧巧才在想著夏城這一週不曉得都怎麼應對江楠的，手裡夏城的手機就震動了。

是一封簡訊。

巧巧按開螢幕，只見一位聯絡人姓名為王佟嫵的人傳來一句：

——**自從上次再見到你，一直忘不掉你。可以見個面嗎？**

胡巧巧看著那一行字，點開鍵盤，輸入了之後送出回覆：

**——不可以。**

然後她把手機放入了皮包裡，高鐵車廂進站，風捲得她一頭黑色長髮凌亂。髮絲切割她的視線，她卻覺得看得非常清晰。

她微笑起來。

交換手機，還是挺不錯地。

下班的時候，巧巧在公司電梯裡把手機還給了夏城，並告訴他：「今天我幫你回了個簡訊。」

夏城在兩人獨處的梯廂向下時，點開了收訊匣，當他看見胡巧巧簡潔的「不可以」三個字，只是勾起了一側嘴角。

巧巧提眸看著樓層數字逐漸減少的電梯面板，說道：「如果覺得我回得不好，你再自己傳訊息給她。或者你其實想去見她也沒關係，就和她說吧。」

「哦，是嗎？」

夏城輕應，低頭竟開始打起字來。

巧巧餘光瞥過去，卻見夏城刻意挪了角度不讓巧巧看見螢幕。她不滿地皺眉，感到血液逆流，下午等車時的那一股子身為女友的神氣竟可以一瞬間就涼了。

巧巧後頸一僵，來了點火氣，再開口的聲音聽上去卻滿不在乎。

「如果你要去見她，你也得和我說。」

夏城聽著看過去一眼，挑釁般嘴角微翹地問：「我為什麼要跟妳說？」

「這樣我才好離開你。」巧巧慵懶卻帶瞪地望過去，對上他含笑的視線。

夏城提起眉梢，帶點痞態地點點頭。「原來如此。」

梯廂來到一樓，叮的一聲，梯門打開。

胡巧巧率先走了出去，高跟鞋踏上一樓地磚的聲響連環而清脆。夏城滿面深沉笑意地也踏出電梯，快步跟上巧巧。

走出公司大樓的時候，夏城還想說話，巧巧卻突然止步在路邊一支剛亮起的路燈前，眼神銳利地對夏城開口：「我說過了。如果哪一天你想要離開我，請你老實跟我說。否則我不會明白。」

夏城垂眸看著路燈下的巧巧，那明亮帶著倔氣的棕色眼睛直勾勾地回視著他，被暖色燈光照亮的臉頰此刻竟有些憋紅。夏城想起她第一次提出這個要求的場景，當時她絕對聯想到了江楠，而夏城痛恨她將他與江楠相提並論，於是這一刻看著她這副又帶刺起來的模樣，不由得也心生一絲不是滋味。

夏城冷下了眼神。

「如果我要離開，妳就會毫不猶豫地放手嗎？」他問。

巧巧蹙眉瞠目。「你在說什麼？你要離開，你還指望我扒著你不成？」

「妳會等我嗎？」

「什麼？」

「如果我要離開，妳會不會等我回到妳身邊？還是妳就放手了？」

「你為什麼——」

「回答我！」夏城忽地厲聲說道：「我現在就要答案。」

巧巧看著夏城一副上對下的強硬態度，原本就來火的情緒頓時像被淋了桶汽油，轟地一燒，瞬間炸出一句：「我不會等你！」

此話一出，他們心底都是一震。

巧巧抿緊嘴唇，而夏城整個人像是失去血色。

他們默然對視了半晌，直至夏城率先垂下了目光。

夏城說：「我去見江楠了。今天下午。」

「什麼？你……」

「他這一個星期沒少打電話給妳。」夏城語氣冰冷地彎起唇尾，略帶諷刺地笑道：「今天他在電話裡約了我見面。」

下午三點，夏城與江楠在一間咖啡館裡落座，面對面像是西部牛仔對決前的僵持。可江楠從頭到尾沒有斂下笑靨，那一副信心滿懷的模樣，讓夏城生厭。

「他告訴我，你們之前都發生了什麼，妳是怎麼愛他愛到像是眼瞎耳聾的，還有，妳又是怎麼在他要離開妳的時候，妳還能說出『我會等的』這種話。」夏城眼神寒涼地望著巧巧。「我沒想要相信他的話，可是為什麼我認識的人都一再地強調妳那時有多盲目？或者——」

或者。

「或者這樣好了。」夏城單手捏上巧巧的下頷，湊近她的臉。「妳來告訴我真相可能好一點，至少我不用再聽一些別人講的妳。妳知道我本來就討厭交際，尤其他們講的還是我不認識妳時候的妳。那聽起來就像鬼故事一樣。」

夏城說話的聲線變得平板，巧巧卻聽得忽然鼻酸。

巧巧抬著溼潤的杏眼，望著夏城漆黑無光的眸子。她開口的嗓音輕飄如被撕碎的棉絮。

「我確實對他說過，我會等的。」

——晚一點再跟我求婚吧。

——我會等的，如果到時你還是光源的話。

「我對他說過，他可以晚一點再跟我求婚。我說我會等的，如果到時他還是我的光源，我會接受他的求婚。」巧巧有些顫抖地字字句句說得明白。

夏城一下子鬆開了巧巧，第一次體會到人們為什麼那麼畏怯實話。

巧巧低下了臉，決定將一切告訴夏城。

關於過往，與她曾經是個什麼樣的人。

「我在二十六歲那年遇上江楠。」她說。

二十六歲的巧巧進入公司，在那步入職場的第一年，她遇上江楠。

江楠坐在公司會議室與巧巧的上司討論廣告腳本，巧巧作為一個社會新鮮人，模樣乖巧地站在一旁觀摩。上司高情商的應對與江楠雷厲風行的果斷，讓她的視線不由得停留於江楠，而江楠抬眼與巧巧四目相接了一秒，復而收回視線。

當三分鐘之內，江楠又一次注視巧巧，巧巧戴起職業笑容，立刻就翻譯出那道回視蘊含的弦外之意。

那一年的江楠一貫西裝筆挺，髮型雅痞，留著性格的鬍鬚，他的氣質乃至談吐有著鋒芒，眼神卻像能融化一杓子奶油。

——服飾店是我爺爺的店，爺爺用我的名字起店名，我爸經營過一段時間，現在輪到我接手，我想在我這一代發揚光大，我得將老手藝結合新穎一點的剪裁。現在年輕人喜歡古著，大可以抓住這個潮流。

那一年的巧巧喜歡江楠在床上向她訴說理想時的表情。她覺得那很耀眼。像是燦爛的光。

那一刻的胡巧巧覺得自己就像安上了翅的昆蟲。

她想。

人類會趨向自己偏好的事物，像是昆蟲趨光。

雖然有時候自取滅亡。

「和他在一起，就是自取滅亡。」巧巧低聲地說：「得知江楠早有論及婚嫁的未婚妻，是在我和江楠交往的第二個月。」

公司中午休息時間，巧巧在走去玩具店的路上拐過一個街角，目睹了江楠摟著一女子的腰從銀樓走出來，江楠讓女子先上了停在街邊的車，他紳士地替她關上門，繞到車子那一頭。當江楠拉開駕駛座的門，巧巧與他四目相接。

「那一天，他知道我知道了。」

那一天，在那裡，他們對視了一秒，江楠卻面不改色地坐進了車內，關上門，駛離現場。

胡巧巧忽然就想不起當天新上的玩具是什麼品牌，她挺直腰桿，緩著步子走進那間銀樓。

歡迎光臨。裡頭一位年邁卻優雅的女性店員招呼了聲。

巧巧帶著微笑，頷首致意。

胡巧巧垂視著玻璃櫃裡成套的金飾，用著若無其事的姿態說著你們的設計真好看，難怪我剛才看一對情侶才從這裡出來。

店員笑說剛才那對情侶預計下下個月結婚，愛情長跑八年。喏，他們挑了這一套。您看看。也可以參考一下。

店員放輕力道從玻璃櫃裡捧出一套蜷曲藤葉造型的金鍊戒與金耳飾，放上胡巧巧面前的一只黑絨盒展示。

巧巧站在那裡，注視著那一套金飾。

臉上的笑意，毫無動搖。

「我沒有動搖。」巧巧提眸望著神色難看的夏城，說道：「可他顯然不是。」

那天夜裡，江楠按響了巧巧套房的電鈴。

門打開，江楠只見巧巧衣著全黑，戴著成套的金飾，抿著紅色的唇瓣對他微笑。那裡的巧巧塗著冶豔的妝，懾人心魄的棕色眼眸眸尾上揚，漆黑的貼身洋裝如喪服，襯出頸上金燦燦的百合花項鍊。

好看嗎？巧巧問道，一面擺動手上成套的金戒指，並將一側披散的黑髮勾上耳後，展示同款的百合花耳墜。

江楠的胸口鼓譟起來。

巧巧……

他喚，可她沒有理會。

我今天午休的時候去逛街了。巧巧打斷江楠的欲言又止，笑道，我看到一個和你長得很像的人，他開的車和你的車也很像，但他的女朋友和你的女朋友不一樣。和我一點都不像。

巧巧伸手觸摸江楠的臉。

她鬼魅般地訴說，他們去了一間銀樓，我就去看看和你很像的人會是什麼眼光，沒想到他挑了一套非常俗氣的金飾，俗氣到我想哭。

然後巧巧笑起來。

太好了，那麼俗氣的人，一定不是你。對嗎？胡巧巧幽魅地逼視著江楠。那彎溜的雙眼，柔軟彎起的嘴邊弧線。那是江楠第一次被巧巧的笑容震懾，震懾得都有些害怕了。

江楠嚥下唾沫，揚起笑靨想要安撫眼前的人。

他摟上巧巧，走入套房。

套房的門關上。

巧巧沒有需要被安撫。

她的鼻尖輕輕蹭過他的臉，紅脣磨蹭在他的嘴邊。

巧巧輕喃，吻我。

那炙熱的吁息，讓江楠一怔，巧巧見江楠沒有反應，於是微笑著一隻手往江楠的下身挑釁，江楠這才渾身一顫地回過神，定睛看著巧巧深不見底的雙眼，那雙眼帶笑而飽含旖旎。終於，江楠在巧巧嫻熟的挑弄下，終究還是按捺不住地往她微啟的嘴用力吻下了，他使勁吸吮，舔舐，脣上的摩挲與攔腰抱起胡巧巧的力道，粗糙得像個入室的綁匪。

可不知怎地。

那一刻，他覺得自己才是被綁架的人。

「江楠動搖了，他想收手，卻被我一次又一次地模糊焦點。」巧巧直勾勾地對著夏城坦白。「我不知道你從別人那裡都聽到了什麼。你不用為了我去自我催眠我不是這樣那樣的人，我曾經是什麼樣的人，我不會否認。」

胡巧巧隻手撫上夏城略顯蒼白的臉。

「我是個不擇手段的人。」她沉沉地說。

**她是個不擇手段的人**。

在那後來，江楠為巧巧的成套金飾買了單。

江楠不明白巧巧的心思，巧巧應是知曉真相的，卻一再輕描淡寫地為他的不忠，圓起一個接一個的謊，她甚至沒想破壞他的婚約。

在巧巧的公司一系列的行銷操作下，江楠的事業有了起色。巧巧的市場嗅覺精準，設計出的廣告圖面用色復古大膽，框住了江楠鎖定的客群。巧巧言談風趣，舉止大方，從不查勤。

江楠感覺比起未婚妻，他更喜歡巧巧一些，可長跑八年餘下的對一個人負責，已成了對兩家人的期待負責。而巧巧甚至連這一點，也心知肚明，卻不言明。

那時距離婚禮，還有一個月。

巧巧總是鎮定自若，江楠摸不透她真正的情緒與目的，只覺自己還有一個月，能擁有這樣美好的人。

可隨著日子推移，江楠越來越感到不對勁。

在巧巧目睹銀樓發生的事的那一天，那一夜裡，江楠是想著上門向巧巧道歉，並結束這一切的。

而巧巧不讓。

於是骨牌，一面接一面地倒下。

江楠在一次前去巧巧公司討論下一季廣告案時，碰上為他帶路的鍾甄。巧巧晚到了幾分鐘，她不知道發生了什麼，只知道當她一趕到公司，在走廊上遠遠地就瞧見鍾甄對她大喊：妳被騙了！

胡巧巧一愣，睜圓了雙眼，而這一刻，恰好被走出會議室、心懷忐忑的江楠撞見。

巧巧上前抓住鍾甄的肩膀，笑道，妳在說什麼呀……

巧巧滿腦子還想著幫江楠掩護，鍾甄卻已經指著江楠控訴：剛才我都看見了！妳男友手機裡有個「親愛的」，他還馬上掛了電話！

鍾甄自知自己的嗓門引來了許多周圍同事的好奇注視，她渾身微顫，可她魯莽地只想要保護巧巧。圍觀的同事當中，安迪起步想要上前為鍾甄解圍，可就在他挪動腳步的同一秒，巧巧已經抱上了鍾甄。

巧巧突然地大笑，那笑聲輕盈爽朗。

妳誤會啦！那是他媽媽！巧巧放大音量，隨而鬆開鍾甄，連忙說著，沒事沒事，謝謝妳為我擔心哈。我先去開會啦！

可是他剛剛還故意改了手機裡的暱稱……

然不等鍾甄說完，巧巧已經領著江楠走進了會議室，關上門前，巧巧以眼神向不遠處拿著文件的安迪示意，安迪便立刻湊上鍾甄身邊，帶鍾甄離開。

會議室的門關上了。

外頭的人們散去。

巧巧放下了會議室所有的窗簾。

江楠張口想要坦白，巧巧轉身，用嘴給堵上。

當她終於放開他的嘴，她纖長的手指在他沾上口紅的嘴上擦抹，輕柔，到使力，到終於把他嘴邊擦得有些紅腫。

江楠看著巧巧臉上，那弧絲毫不被影響的完美微笑。

溫和。

賢淑。

典雅。

卻令江楠毛骨悚然。

「我想當時，江楠是害怕我的。」巧巧用著像是在說他人故事的語氣，向夏城說：「無數次，我裝聾作啞。」

夏城非常不解，蹙起眉頭，語氣不善：「妳為什麼要這樣？」

「因為我只活在我的世界裡。」巧巧瞇細眼睛，語調輕柔。「你知道嗎，我從來沒有對他的未婚妻產生任何一點敵意。他的未婚妻很迷人，我甚至對她好奇到找來徵信社，調查她都是怎麼樣的人。」

所以——

「所以我拿到了一個牛皮色的信封。」

夏城一怔，立刻想起曾在巧巧的抽屜裡看見的信封，與那一張名片。

「我聽完了徵信社的報告，看完了整理出來的文件，然後我依然覺得她是一位非常有魅力的人。」巧巧微笑道：「尤其在那張，與一個不是江楠的人交歡的照片裡。」

你知道嗎，夏城。巧巧說。

「我尊重這個世界有我看不懂的規則，我知道我一個操作不慎，就會背負第三者的罵名，可是我看不懂兩個不那麼相愛的人卻要結婚，所以我也不介意這個世界看不懂我的世界。」

我只活在我的世界裡。她說。

「江楠只是剛好在那一段時光成為我的光源，讓我像一隻趨光的蟲，不在意自己是終於溫暖了，還是即將被燒死。這是我享受人生的方法，而那時候的我只是需要一個傀儡，來擔任我的光。」

而這個人，只是剛好是一個有著未婚妻的人。

然後有著未婚妻的傀儡要走了。

「然後他在婚禮前一天，在我家鄭重的表態了。」

夏城聽著神情凝重。「表態什麼？」

「他要結婚了。」

——我要結婚了。

江楠說話的時候，巧巧正站在流理臺切水果。

巧巧停下分切的動作，江楠在旁看著那鋒利的刀鋒，像是想著如果巧巧情緒失控拿刀砍過來，他要從哪個角度才能空手奪白刃。

然而巧巧只是輕輕放下手裡的刀。

她溫婉地笑道，那你得先向我求婚哪。

江楠聽得紮紮實實地愣了。

那一刻，他真真不明白世界上怎會有這樣的女孩子，能夠活在自己的世界裡到這種程度。

他重整了面色，嚴正地表示：我要娶的不是妳。

「他要娶的不是我。」巧巧對夏城笑道，像是在嘲笑自己。她說：「所以我告訴他，那晚一點再說吧。」

——晚一點再跟我求婚吧。

「我說，我會等的。」

——我會等的，如果到時你還是光源的話。

——光源？

在那時，江楠不很明白巧巧的比喻，只感到眼前的女孩對自己用情至深，深到願意為他等待。他看著她清澈無瑕的潮溼眼瞳，忽然間竟也眼眶一熱。

他鼻酸地忍不住抱上了她。

我不知道妳在說什麼，可是。江楠將巧巧的腦袋緊緊地壓在自己胸前，他低頭親吻她的髮，說道，可是我希望妳知道，和妳在一起的日子我真的很幸福。這個婚我得結，我得為一些人的期待負責。相信我，等我一離婚，我就來接妳。

「他說，他會來接我。等他一離婚，他就要來接我。」巧巧告訴夏城。「你知道薛丁格的貓是怎麼個道理，對嗎？」

夏城靜靜聽，眉間緊鎖，沒有回話。

巧巧繼續說，關於物理學家薛丁格的思想實驗。

「薛丁格把貓放進一個密閉的盒子裡，當監控器偵測到物質衰變，盒子裡的榔頭就會敲碎玻璃瓶，瓶子裡的毒氣會立刻殺死貓。」

她說。

「像是感情衰變的瞬間，會立刻殺死愛。」

夏城聽著巧巧的話語，夏城的心已經非常潮溼，他知道這個實驗，可他沒有力氣回應。他只是站在那裡，毫無情緒地垂眸看著胡巧巧。直到胡巧巧傾身擁上了他，他才由乾澀的喉嚨發出聲音。

他說：「但是根據哥本哈根詮釋，在實驗進行一段時間後，對於盒子外的世界，貓會同時處於活狀態與死狀態。」

巧巧知道夏城這是在說自己置身於盒子之外，並不能知道盒子裡的巧巧，對於那份感情終究是死是活。

巧巧溫著眼神，將夏城抱得更加緊密。她的嘴湊在夏城耳邊，細細低語。

「是啊。」她說：「直到盒子被打開。」

盒子被打開的時候，貓的死活將有一個確鑿的結果。

愛的死活也一樣。

「所以百分之五十的機率，會變成百分之一百。」巧巧鬆開夏城，圓滾的杏眼直瞅著夏城時，堅定地說：「所以當我在公司樓下的麵包店重新遇上江楠，我一瞬間就明白，有東西已經死掉了。百分之一百。」

例如曾經活過的感情，或活在曾經的、深愛江楠的那一個胡巧巧。

人是一種相當神奇的物種，會意識到相當細微的變化，從一個眼神的交流，一句話或者，一個瞬間的氣味。

盒子被打開了。

在麵包店裡，巧巧嗅見腐爛的氣味，那就像過去的胡巧巧死掉的味道。

而她甚至感覺不到悲傷。

「所以，夏城……」胡巧巧慎重說道：「請你不要擔心，好嗎？」

巧巧明亮的雙眼望入夏城陰鬱的眼底，夏城的理智能夠明白這裡的巧巧不是那裡的巧巧，如同她在公園裡對他說過的。

——一個人一生遇見的人那麼多。
——去過那麼多景點走過那麼多路。
——每一秒都是不一樣的。
——那時的胡巧巧不是這時的胡巧巧，這時的胡巧巧只活這一秒，而這一秒，是活給姚夏城的。
——這些你也都明白，對嗎？

忽然間，夏城感到很悲傷，是他這一輩子從來沒有感受過的悲傷。

巧巧親眼看見淚水從夏城的雙眼滴落，她慌張地伸手抹，卻只是抹出更多的水。夏城的淚水像是沒有聲音的潺潺細流，像是沒有止境。

「你不要哭……」巧巧共感性極高地也哽咽了起來。「你不要哭……」

然而夏城控制不了自己，他對這一切感到陌生，這是他生平第一次控制不了自己，對於失控，他還不夠熟練，於是他只能不斷掉淚，一開口，盡是零散的話語。

他說：「我覺得很難過，胡巧巧。為什麼、為什麼我理解的事情，會覺得沒有辦法理解……我為什麼沒辦法理解我理解的事情？我已經有懂，我真的懂，可是我覺得我不懂……妳能明白嗎？我覺得很混亂……」

巧巧看見夏城盈滿淚水的漆黑眼睛像是在求救，他艱難地吞嚥唾沫，垂下視線，游移視線，他顫抖的嗓音像是拚命想捉住浮木，卻一直下沉。

她心疼地握上夏城的手，使勁地握。

「我明白、我明白，夏城，你看著我。」巧巧硬是對上夏城亂套的目光，說道：「你只是情緒還跟不上理智，你懂我說的道理，你知道你其實不需要擔心，其實你相信我，只是你的情緒還不允許你這樣認知，你只是……」

「夠了。」

夏城掙開她的抓握，他對於自己的失去自控感到太過恐慌，恐慌到厭惡眼前的一切，又厭惡到——不像自己地遷怒了。

「憑什麼妳可以說得頭頭是道？」他聽見自己對著最愛的女孩尖酸刻薄了起來。「妳剛才一開始才為了王佟嬿的簡訊鬧脾氣，還懷疑我是不是回傳了什麼訊息。妳甚至幾天前才對我說過『我相信你』，不荒謬嗎？」

夏城控制不了自己的嘴，他心底感到震驚，於是強制自己咬緊了牙，遏止自己繼續爆發。

巧巧被夏城大聲指責得渾身僵硬，蹙眉瞠目地望著夏城。

她急於澄清地說：「我剛才也只是像你一樣、情緒還跟不上理智……我其實相信你，我……」

然而夏城已經無法把她的話聽完，夏城已經到了極限。他將自己的手機往巧巧發顫的手裡塞，轉身就要離去。巧巧慌了，上前一隻手抓住夏城，然而夏城只是別開目光。

巧巧說：「你別這樣……你看著我。」

卻只換來夏城蒼涼的一句：「我現在不想看到妳。」

巧巧頓時錯愕了，手上的力道一鬆動，夏城立刻就抽回了手，朝人行道的那一頭走去。

巧巧回過神著急地喊了夏城，周圍熙來攘往的人群紛紛好奇地看向巧巧，唯獨夏城逕自走遠，沒有回頭。

胡巧巧一瞬間滿腹委屈，低頭終於禁不住掉出成串的淚。她不住抽噎起來，捏緊手中的手機。

在一片淚溼的視線裡，夏城的手機螢幕顯示著王佟嬿的訊息頁面。

——**自從上次再見到你，一直忘不掉你。可以見個面嗎？**

——**不可以**。

她看見稍早的簡訊，以及夏城方才送出的那一句：

**——一輩子、一輩子、一輩子都不可以。**

一天午後，與夏城冷戰中的巧巧與唐辰在公司樓下的便利商店用餐，她們買了冷凍的食品微波加熱，直接在店內附設的座位區解決午餐。

巧巧坐在落地窗旁的座位，與唐辰隔桌對坐。當唐辰還在抱怨張豐前幾天如何諷刺她倒追朋坤的行徑、以至於她如何與張豐那個王八羔子鬧翻，巧巧忽地忍不住插播一則快訊：「我和夏城交往了。」但是吵架了。這句不知怎地，她說不出口。

唐辰一愣。「我知道呀。」

巧巧一愣。「什麼？」

唐辰蹙眉歪首。

「我們去夜衝那天就知道了呀。」

「夜……什麼？」

「那天大家就都知道了。」

「那天大家都知道了？」巧巧聽得瞠圓雙眼。那天她自己怎麼不知道？

巧巧一臉懵，而唐辰露出一副「哎、這有什麼好害羞」的神情，大剌剌地拍了拍她按在桌邊的手。

「什麼年代了，沒有人在顧忌辦公室戀情了啦。放心。」

「不是……吭？」巧巧滿腦子混亂，她不記得他們從夜衝那天就確立情侶關係呀？

「倒是妳前男友那個渣男。聽說他又找上我們公司了？」

胡巧巧不明顯地怔了下，回過神來戴起一貫的笑靨。

「嗯。」巧巧頭輕點，微笑地強調：「這次僅限工作交流，我前幾天才把關於他的東西都給丟了。我不會笨第二次的。」

唐辰聽著頓滯下，巧巧看出唐辰的停頓，問：「怎麼了？」

唐辰搖搖頭。「沒什麼，只是聽到妳說不會笨第二次，覺得這話好像也聽夏城說過。」

——我不能掉以輕心，人要不二過。

「夜衝那天，夏城說過他對妳的喜歡是沒有認知偏誤的。」唐辰攏了攏自己的可可色長髮，漫不經心地說：「他說到喜歡可能就是戀愛最初的徵兆，所以要判定真正的喜歡就變得非常重要。他說他不能掉以輕心，人要不二過。還說到什麼數學公式。」

「數學公式？」

「我不知道，不要考我。那天我把注意力都放在攻略朋坤上了。我只記得夏城好像把談戀愛當成什麼推導公式吧，第一步就要算對，最後的答案才會對。」

巧巧聽著提眸暗忖了下，點點頭。

「第一步就要算對，就像對一個人最初期的喜歡，是不能有偏誤的。」

「對對，好像是這個意思。」唐辰點點頭，喝了一口蔬果汁後，嘆息著笑。

「有時我覺得妳真是個翻譯機。」

便利商店裡的廣播音樂輕緩，陽光正好，室溫適宜，巧巧抿彎嘴脣，斂下圓圓的眼睛。

「是嗎？」巧巧想起自己是怎麼把夏城給推遠的，那原因連她自己也說不清楚，道不明白。她不由得無奈地笑。「世界上還是有太多我翻譯不了的事了。」

例如她自己。

她想起夏城發給王佟嫣的簡訊。

——**一輩子、一輩子、一輩子都不可以。**

那顯然是不二過的證明。如此夏城的作風，她早該猜到，卻在當時擔心起夏城究竟回了什麼訊息。

她的情緒凌駕在了她的理智之上。

巧巧理應是最能看清夏城的人，卻在愛情摻和進來的時候，模糊了眼睛。

她是怎麼變成這副樣子的呢？

——為什麼我理解的事情，會覺得沒有辦法理解……

或許與夏城之所以變成那副糟亂的樣子，是一樣的吧。

【第九章】一輩子、一輩子、一輩子的

對不起，是我一開始就不該接受妳的告白。十年前，夏城曾沉著嗓子對佟嬿說道：既然開始是我決定的，那結不結束，妳來決定吧。

那彷彿這段戀情從一開始就是個錯誤般的言論，讓那一年的佟嬿一瞬間瀕臨崩潰。佟嬿還記得當年自己是如何抓上夏城的衣袖，在一間咖啡廳裡聲嘶力竭地哭吼：都是你的錯！如果一開始你就愛我，今天就不會這樣了！

夏城低下臉。

他知道自己錯在先，不是對一個人的感覺超過六十分了就是喜歡，是他誤會了喜歡，所以走不到愛。

於外於內，佟嫣就不是夏城的菜。

當夏城意識到這一點，他也只能無比認真地承認錯誤。

真的很對不起，王佟嫣。那一天，他無比認真地對佟嫣說，妳本來就不是我喜歡的類型，所以我真的一開始就不應該跟妳交往。

佟嫣瞬間就啞口了，她完全不敢相信這都又聽到了什麼。

當然，夏城在表達的其實是：真的很對不起，我不該因為妳給我的感覺還可以，我就貿然答應交往，耽誤了妳那麼長一段青春。

只是那一年的夏城還沒碰上巧巧，沒人教過他怎麼說人話。

於是那一年，佟嫣氣得起身呼了他一巴掌，撂下一句：

分手！我這一輩子、一輩子、一輩子都不想再見到你！

一輩子、一輩子、一輩子都不想再見到夏城的佟嫣，傳了訊息給夏城。

——**自從上次再見到你，一直忘不掉你。可以見個面嗎？**

然後她立刻收到了回訊：

——**不可以**。

不可以也就罷了，過幾個小時她竟然又收到了一則訊息：

——**一輩子、一輩子、一輩子都不可以**。

這彷彿是想了想覺得喔要不然再補一槍好了的態度，讓王佟嫣越想越火大，這會兒工作下班她連制服都沒換，就氣沖沖地來到自家附近的小吃攤，吃一頓氣沖沖的消夜。

她咬牙切齒起來，他憑什麼啊！

晚間十一點，佟嫣坐在串燒攤的板凳上嚼著肉串喝著酒，惡狠狠地瞪著自己的手機。她晚上九點半從值班的餐廳下班，十點就坐在店裡最邊角的矮桌前了，這表示她已經瞪了她的手機一個鐘頭。

她惱怒地想著該回傳些什麼，扳回她的尊嚴。可這一小時以來，她除了「誰希罕啊」這種力道薄弱的句子外，就沒什麼好想法了。

遺憾的是，她還真的希罕。

佟嫣皺了皺下巴像是神經抽動，她當真有些想哭了。

然而，就在她快要哭出來之前，她被身旁的一道黑影嚇得倒抽口氣：「嚇！妳幹麼？妳是誰！」

身旁是一位有著一頭黑色長直髮、平直瀏海短在眉上一公分的高䠷女孩，她圓滾的眼睛直勾勾地盯著佟嬿放在矮桌上的手機，手機螢幕正顯示著她與夏城之間的訊息。

**——自從上次再見到你，一直忘不掉你。可以見個面嗎？**

**——不可以。**

**——一輩子、一輩子、一輩子都不可以。**

「不好意思，嚇到妳了。」黑髮女孩對佟嬿露出帶歉意的笑容，並且在四目相對時立刻認出了佟嬿：「啊，妳是那天在KTV裡的那個！真抱歉，那天我不小心潑了妳一身。」

佟嬿愣了下，隨而認出眼前的正是與夏城重逢那天見過的女孩，把一整杯果汁淋到她胸前的女孩。

「啊，是妳啊。」佟嬿對她頷首。

而黑髮女孩端著盤串燒，順勢就坐到了佟嬿對面的空凳子上。

「不好意思啊，人多，想說跟妳併個桌。順便請妳吃幾個肉串賠罪一下可以嗎？」黑髮女孩萬般誠懇地笑道，並把堆得滿滿的一盤串燒推到桌子中間。

佟嬿看著那張親和力極強的臉蛋，竟下意識回答：「可以是可以……」

然後佟嫣才驚覺自己被牽著鼻子走了，她皺眉看著眼前笑容可掬的女孩，那一雙滿滿笑意的棕色眼睛實在太過和善，讓人壓根無法拒絕。

這簡直是催眠！

開始後怕的佟嫣嚥了口唾沫想著草草結束對話，趕緊離開，這畢竟是她療傷的夜晚，她並沒有打算跟人一起度過。可就在佟嫣忖度的同時，黑髮女孩自我介紹了起來。

「我是胡巧巧，妳可以叫我巧巧就好。」黑髮女孩拿起盤裡的肉串，一面咬嚼，一面說道：「我剛剛找位子的時候不小心看到妳的手機螢幕了，那是夏城對嗎？那天在KTV我偶然聽到你們之前好像有過一段。」

巧巧指著佟嫣擺在桌上的手機，佟嫣順而把手機螢幕給關了，收回皮包裡。

巧巧見狀，立刻道歉：「抱歉抱歉，我不是想探妳的隱私，只是夏城剛好是跟我同一組的同事。我看妳好像悶悶不樂，我今天也過得不怎麼好，所以才想要找妳聊一聊，夏城只是剛好會是個共同話題，我才這樣問的。請別介意。如果讓妳不舒服了，我很抱歉，我跟妳道歉……」

佟嫣見巧巧越說頭越低，忽然就生起一絲不忍心了。佟嫣連忙搖了搖手。

「不會、不會，沒什麼需要道歉的，妳別這樣。」佟嫣不知怎地不僅開始安慰巧巧，竟還主動提議：「也好，有人聊聊也好。」
這下巧巧一下子笑逐顏開了。「謝謝妳。」
然後佟嬿不曉得為什麼隱約覺得自己又上了這個人的當。

巧巧從坐到佟嬿面前的第一秒就覺得，這個女生夏城不會喜歡。
佟嬿長相可人，但是眼睛裡沒有諒解。
或許正因為佟嬿缺少夏城喜歡的要件，於是巧巧絲毫不當她是個威脅，反倒是個挖探資訊的好來源。
巧巧笑臉盈盈，吃著肉串，聽著放下戒心的佟嬿說起夏城。
「我在高二那年認識夏城，那天我去學校自習室，沒看路不小心撞到他了，結果我看到他手上拿著我那張不知道掉到哪去的學生證，他說他在地上撿到，我說這一定是命中註定！你要不要跟我在一起？」佟嬿說到這裡自己笑了起來。
「結果妳猜夏城回答什麼。」
「我不知道，但絕對不會是要或不要。」

「答對了。他指著我學生證上的名字說，妳名字怎麼唸？中間那個字。」佟嫣笑道：「我說我叫王佟嫣，中間那個字和兒童的童同音。」

好，謝謝。當時的夏城莫名道了謝，這讓他不用再多花時間查字典，對於節省了不必要的時間開支這一點，他是當真很感謝的。

結果佟嫣忽然就死皮賴臉起來，自顧著說：啊，你說了好，是在同意和我在一起嗎？

不是。

欸、別害羞，我們可以先交往再慢慢磨合啊，我很討人喜歡的，你不會失望的！佟嫣用上了買到賺到的自我推銷語氣。

「我不斷對他自我推銷，我覺得一見鍾情應該就是那麼回事。」佟嫣回味般興奮地對巧巧說：「夏城完全就是我的理想型。」

巧巧聽著感到納悶。「理想型？即使妳當時對他完全不瞭解？」

佟嫣不好意思地笑了，她搔搔自己的臉頰。「看臉嘛，誰不是看臉。」

我不是。巧巧不著痕跡地輕蹙了下眉宇，心想。隨而整理神色，巧巧又是一臉和善。她問：「後來呢？妳自我推銷，他就答應交往了？」

「一開始他當然拒絕我啦，後來我調查到他原來是高三的學長，一連幾天我就軟磨硬泡，蹲點等他，一有機會就製造機會，我覺得他可能有點困惑吧，他說他沒有談過戀愛，所以他不知道怎樣算是喜歡一個人了。」佟嫵說：「有一次我約他到學校裡的花圃，他第一次赴我約，他說他是來問我一個問題的。」

**一個人是怎麼辨認自己喜歡另一個人的？**

「他很認真地問我，妳怎麼會想和我在一起？我什麼時候、什麼特質讓妳產生什麼反應，或是妳察覺到妳自己有什麼現象嗎？」佟嫵模仿夏城正正經經的問話聲音，一面喝酒，一面說道：「他想知道一個人是怎麼辨認自己喜歡另一個人的？」

巧巧聽著，彷彿能看見那一年的夏城，那像是在學術研究般積極尋求線索的語氣令巧巧感到可愛，咯咯笑了起來。巧巧問：「所以妳怎麼回答？」

「我說，就是感覺對了呀！」她說：「結果夏城問我，什麼是感覺對了？滿分一百分的基準下，超過六十分及格就算是感覺對了嗎？我聽得一下子不知道怎麼回答才好，還在想要怎麼回他，就聽到他對我說，我覺得妳七十分，這樣是感覺對了嗎？」

那一刻的夏城帶著滿腦子問號，佟嫵看出來了。

「我立刻說那就是感覺對了，因為我看出來了。」

「看出什麼了？」

「他在動搖。」佟嫿對巧巧說著，臉上的笑容，忽然就苦澀了。佟嫿說：「我知道自己是趁人之危，在人家還沒搞懂的時候就曲解他的想法，可是那時我真的很想得到他。所以，我就打鐵趁熱。」

當天下午的校園打掃時間，佟嫿就大膽地拉住正拿著把掃把清掃操場跑道的夏城。於是關於熱情過頭的學妹攻陷冷漠過頭的學長的重點橋段，就在操場上展開。

夏城學長！我喜歡你，請和我在一起！

佟嫿的大嗓門引來周圍打掃的學生注意，頓時間，操場便沸騰了。無論是與夏城同班的男女，還是前來為佟嫿打氣的友人，或只是上前圍觀的吃瓜群眾，全在那一瞬間歡聲雷動地喊著：在一起！在一起！在一起！

「我當天下午就公然在學校操場對夏城大喊著告白。」佟嫿又灌了幾口酒，吃起桌上的烤串，笑道：「圍觀的學生都開始鼓吹夏城答應和我交往，夏城愣住了。」

巧巧試探地問：「然後他就答應了？」

「然後他就答應了。」佟嫿點點頭，說：「我不知道是不是什麼群眾效應讓他答應了，有時我會覺得他只是想要明白『談戀愛』具體來說是怎麼一回事，所以才接受我的。」

在操場上的那一刻，陽光把佟嬿的臉晒得通紅，夏城看見她的耳朵也紅了，卻不是太陽晒的。他這才明白第一次見面時，這個初見面就為他紅了耳殼的女孩，為什麼能忽然鼓起勇氣地告白。

原來是喜歡。

因著喜歡，人便能做到更多本該難以企及的事情。

夏城突然就有些羨慕在那裡的佟嬿了。佟嬿真的明白什麼是喜歡，並且何以喜歡。

夏城是一個熱愛學習新知的人，那一刻，他是真的、真的非常想要明白這個中運作，於是他當眾說了：好。

夏城答應了交往，全場歡呼，紛紛吹著口哨鼓起掌送上祝福。

「無論如何，我就是當著大家的面宣示主權了。」佟嬿吞下嘴裡的肉，聳肩地笑。「我當時決定先套牢這個外表正中我紅心，又剛好木訥得很可愛的學長，我那時候在想的是，我只要之後再加把勁，一定能讓這個像冰塊的人對我死心塌地的。」

可是。

「可是一切都太難了。」佟嫵忽地露出辛酸的眼神。「夏城無庸置疑的是一個人家眼中的好男友，中午陪我吃飯、送我回家。甚至過了一年，夏城畢業了，我們還維持放學他送我回家的模式。」

佟嫵會在放學返家的路上，對著夏城滔滔不絕。

今天國文老師說啊，班上有不止一個同學考試作弊，結果你知道他們怎麼作弊的嗎？他們竟然趁老師監考不注意就互相交換考卷寫，我覺得太笨了，這樣字跡都不一樣，太明顯了呀！又不是選擇題，考的都是些需要默寫的課文。還有一組人啊，他們竟然把小抄寫在前一個座位的人的背後，當然啦、他們不是寫在制服上，他們是寫在制服裡面的小背心上喔！很誇張吧，他們還笑說制服太透明還是有用處的……

每當佟嫵在放學的黃昏時分興匆匆地向走在身旁的夏城分享趣事時，她都會一面走，一面轉頭看向夏城。

可看見的，都是夏城的側臉。

夏城總是看著前方。

夏城總是在她說完話後，安靜地毫無反應。

佟嬿偶爾還是會有些惱怒：你是不是根本沒在聽我說話？

夏城每一次的回答都是：我有在聽。

那你告訴我，我剛才說了什麼？

兩組學生作弊，一組學生交換考卷寫，一組把答案寫在前座的背心上。夏城會以最有效率的方式精準說出佟嬿方才的話，然後補上一句：其實一件事情妳可以練習講得更精簡一點。

「每次回家的路上我和他聊天，他總是嫌我話多！」佟嬿再次端起桌上的啤酒，仰頭就灌，隨而眼神怨懟地對著巧巧控訴般訴苦道：「他老是嫌我浪費時間，他還不承認！妳知道他是怎麼說的嗎！」

我沒有說妳浪費時間。夏城當年看著前方人行道，理性地說道：只是以經濟學角度的效用最大化來看，既然一個人要把錢用得效用極大化，那我們如果能用同樣的時間做出最有效率的對話，也是更好的。

佟嬿聽著有些震驚了。她生氣地說：你就是在嫌我浪費時間！

我沒有。夏城總是面色毫無波瀾地說明：如果妳執意要那麼想，那我也無法左右妳的想法。

「他竟然跟我說，如果我覺得他就是在嫌我浪費時間，還因此生氣，那就是我的問題。他還跟我說到什麼阿德勒心理學，說什麼人都只能解決自己的問題，我如果因此那樣想而不開心，我就得自己想通，自己解決。」佟嫣扶著桌角衝著巧巧強調：「我還得自己想通！自己解決！」

巧巧意識到她拔高的音量，張口想說些什麼讓她別越說越激動，她的嗓門大得旁邊幾桌都開始側目了，然而佟嫣話匣子一開那叫一個不得了，她緊接著又哭訴：「我當時聽得都愣住了！我停下腳步，結果他那個死人頭還在往前走，根本沒發現我停在原地！我很可憐！我總是看著他，但是我看他一天當中看我的時間都不超過五秒！」

胡巧巧聽到這裡，不由得一怔。

——我看向你的時候，你能感受到我看著你，是因為你無時無刻不在注意著我，所以你感受到我，所以你願意為我轉頭、願意看向我。

巧巧想起自己曾對夏城說過的，與自己，所感受過的。

你看著我，如同我看著你。我有多愛你，你就有多愛我。

——我們已經融合在一起了，對嗎？

夏城對待巧巧，比曾經對待過的任何情感，都要深濃。

巧巧忽然之間就熱了眼眶，她分明知曉的，卻仍坐在這裡，想要打探，想要消除任何一點可能的威脅，想要——

想要證實自己於夏城而言的特別。

巧巧為自己醜陋的一面感到愧疚，她垂下眼簾，聽著面前的佟嫵還在說。

「我跟夏城在一起的那幾年，約會都像是在上班，固定時間見面，固定時間道別，就連情侶之間的觸碰也進展得很坎坷！」

第一年，佟嫵想要牽夏城的手，在街道上手伸過去卻只換來夏城的一句：一定要牽嗎？

佟嫵愣住。是沒有一定要啦……

第二年，佟嫵想要吻他的嘴，在住家社區的長椅上，傾身用嘴偷襲了夏城的脣瓣，卻換來夏城一副沉思的表情，說道：我知道情侶之間親嘴理所當然，不過因為我本身不是很喜歡被碰，所以這種可以偶爾就好嗎？

佟嫵愣住。也是可以啦……

第三年，佟嫵忍不住了，她趁家人假日外出邀他進了房子裡，她讓夏城坐在她房間的床緣，她則面對面坐上了夏城的腿，褪下了自己的上衣，夏城的神色像是了然於心，夏城知道自己有著什麼情人身分的生理義務，於是早先研究過了一番。那一天，夏城第一次摸索著做了全天下情侶必經的床上體操，佟嫵很開心。

「我在和他交往的第三年才終於和他做愛，那天我真的開心得要哭了。」佟嬿說著開心這兩個字，面色卻一下子陰沉下來。她凝視著巧巧，巧巧覺得她可能有些醉了，她早先可能已經喝過不少酒，方才又灌得狠，她的眼神有些渙散了。

佟嬿說：「那天我很開心……雖然在後來體驗過其他男人才知道，什麼才稱得上做愛……」

做愛的前提，可能起碼還是得有一點愛。

佟嬿闔上雙眼，輕蹙眉間。

「在我們交往的第四年……我以為終於有進展的那種、親密接觸，竟然還倒縮了。」佟嬿睜開眼睛看著巧巧，幽怨地說道：「那一年我們都是大學生了，又同校，周圍的老朋友都說我們一定會出社會後就結婚，大家都羨慕我們。我在這段感情裡最欣慰的，也就是外界對我們的眼光了。」

她苦笑起來。

「雖然，好像也只剩下這種眼光可以欣慰了……」

夏城與佟嬿的興趣相異，沒有共同話題，相處上卻也挑不出什麼大毛病，只是日常的親吻少，牽手少，他們之間的性愛，也淪為例行公事。

佟嬿很多時候都感到不滿，卻又不知道怎麼抱怨。

夏城這人不拈花惹草，長得一副英俊挺拔的王子模樣，除了說話太直白以外其實為人紳士，休閒活動是閱讀，不喜社交卻仍願意為了女朋友而出席聚餐場合。

你們這對小神仙眷侶啊，這都相親相愛交往四年了吧，真是羨慕死我們了！就是。我每次滑手機都會看到佟嬿發的放閃照，都要瞎掉了，你們禍害人間啊。

佟嬿有一次聽著咖啡廳對桌的兩位女性朋友來回稱讚，不由得害羞地笑。接著佟嬿牽上了身旁夏城擺在桌上的一隻手，夏城抽動了下，瞥見佟嬿向他投以一貫像是在說「忍著點」的帶笑眼神，也就乖乖任由她牽給在場的人看了。

下午茶結束後，兩位友人離開。

夏城抽開了被佟嬿牽住的那隻手，這不經意的動作，終於還是讓佟嬿爆發了。

「有一次，我對他大吼，你知不知道你每次這樣我都很受傷！」佟嬿抓上了巧巧的手，哭喪著臉說道：「我對他說，你平時不看我、不碰我，就算碰也只是意思意思上我！我根本感覺不到你對我有什麼愛！結果妳知道他怎麼說嗎——」

他說：所以妳想怎麼做？分手嗎？

那冷靜的問句讓佟嫣的血壓急速飆高。就在佟嫣即將破口大罵時，夏城先一步說道：妳先不要這麼不理性，我現在只是在詢問妳想怎麼解決問題，我先前提過阿德勒心理學是個人解決個人自己的問題，可是現在很顯然問題牽涉到我了。

他說——

如果妳要分手，其實妳自己決定就可以了，但麻煩的地方在於以妳的個性來說，妳一定會想從我這邊得到明確的答案，來決定妳的答案，所以現在牽涉到我了，我們要討論出一個方案——是要分手，還是暫時分開，還是繼續在一起。不管最後決定哪一種結果，我們個人都要先提出自己的想法，重點是，我們自己提出的解決方法可能會造成的後果，就要自己承擔。當然，如果可以討論出一致的做法就再好不過了。

這一席理智到極致的論述，令佟嫣不禁渾身發抖，嗶地流下淚來。

「他當時竟然要和我討論是不是要分手！」佟嫣又灌了口啤酒，握緊巧巧的手，哽咽了起來。「他非但沒有要安慰我，還問我是不是要分手！」

巧巧聽著有些懵。「所以你們就分手了？我怎麼聽不出你們具體的分手原因是什麼……」

巧巧並不覺得夏城會是一個基於薄弱理由就拋棄責任的人，無論是不是自願承擔的責任，對於那時處理感情不夠熟練的夏城來說，都不可能為著她的一句埋怨而以分手這種簡單粗暴的方式作為解決方案。

而果不其然，佟嫣被巧巧這一問給問得語塞半晌。她本就因酒醉而通紅的臉變得更加憋紅。

佟嫣低下頭。

「當時我指控他連為我擦眼淚都不會，還有我們親密的次數明顯變少了，我是說就連上床——」話及此，她抿住了嘴，提眸看向巧巧，心虛地說道：「結果夏城告訴我，他只是怕我身體吃不消。」

「……什麼？」巧巧聽不懂。

佟嫣說：「夏城直接告訴我，一般而言平均一週性行為的次數還是落在五次以內比較好……我就知道，他知道了。」

「什——妳出軌？」巧巧瞪圓眼睛，從她愧對的表情立刻推論出這樣的可能性，竟頓時惱怒了起來。對於眼前的人可能曾經傷害過夏城，巧巧竟有種想要過去摑她一巴掌的衝動。

未料佟嫣突然哭了出來。

「我真的知道錯了……」佟嫣嗚咽不止，雙手抹著自己成串落淚的雙眼，難過地說：「夏城一直對我很冷淡，店長一直勾引我……我就自暴自棄……」

佟嬿哭著告訴巧巧：「我當時的一個女同事暗戀夏城，所以跟夏城告密我和我當時的店長有問題，結果夏城說是要確定我的清白，還我一個公道，所以他說他每次接我下班送我回家之後，會在巷口多留一下，就被他看見……」

「夠了！妳怎麼可以這樣傷害他！」胡巧巧終於聽不下去，放大了音量。

然而佟嬿哭得更加大聲：「他根本沒有覺得受傷啊！」

巧巧一愣，什麼？

「什麼？」

當夏城那一天理智地對佟嬿說：「結果妳那個女同事沒有說謊，那也就沒辦法了。我去接妳下班的時候，她有趁妳不在對我告白過，也約了我幾次，我沒有答應。她一直問我難道對妳的行為不生氣嗎，我沒有理她，我覺得她的意圖不是很好，妳以後可能還是小心她一點比較好。」

那一刻，佟嬿看著夏城說著這一切、卻一副像是只是在說一部電視劇劇情似的平淡模樣，潰堤到泣不成聲。

「他根本不生氣，他為什麼不生氣！」佟嬿歇斯底里地抓緊巧巧放在桌上的手。

佟嬿想起那時的自己，她坐在咖啡廳看著夏城冷靜的模樣，她顫抖地、從燒熱的喉嚨，艱難地擠出微弱的聲音：你為什麼不生氣……

而夏城只是提高了眉稍。

他說：我為什麼要生氣？

一瞬間，夏城漆黑的眼底竟吃不進燈光，佟嬿怔怔望著那一雙彷彿毫無生機的雙眼，一瞬間竟有種，原來是她給不了他生機的感覺。

於是他就連生不生氣，也沒有所謂。

思及此，佟嬿不斷用掌根抹去自己止不住哭泣的眼睛。

「為什麼我就是沒有辦法、沒有辦法讓他在乎我……」佟嬿哭道：「我都和其他男人那樣了，他還不吃醋……」

巧巧聽著一頓，一滯，睜大了眼睛。

巧巧忽然就想起夏城在家裡，光是看見江楠先前留下的男性用品就翻臉的情境，這一瞬間，她竟不由得感到優越，方才還在為夏城感到忿忿不平的心情竟就立刻好了起來，嘴角不受控地大大彎起了一秒。

「這樣啊。」

巧巧的聲調瞬間春暖花開，佟嬿頓時蹙眉，這不是該愉快的話題段落吧！

巧巧一下子緩過神，迅速把表情整理得嚴肅起來。她趕緊顧左右而言他地問向佟嬿：「那、如果就像妳說的，他老是不在乎妳，又對妳那麼冷淡，妳為什麼還放不下他？」

佟嬿一聽，忽然就一臉委屈了，她皺起眉。「我不知道……」佟嬿咕噥著，身子搖搖晃晃地。「離開夏城之後都過十年了，我也經歷過不少感情，可是那天在KTV又遇見他……我才發現這十年來，都比不上那四年。和他在一起的、那四年……」

酒醉到已經有些迷茫的佟嬿隻手扶上自己發燙的額際。「我想不透……可是我覺得、可能是因為他是個很真誠的人吧……妳是他同事，妳應該也知道他不會說場面話，所以那一年、他接受我的告白的時候，我覺得沒有比那個更真的時刻了……」

佟嬿說著又哭了起來，嗚咽著說：「所以、所以我總覺得我可以攻略他的呀！可是那四年——四年耶！我真的不曉得為什麼老是沒辦法引起他的熱情！到底是為什麼呢！」

這下好了，巧巧聽著又回想到自己與夏城同居的那段時間，夏城是怎麼在住家的各個角落都要了她，那簡直要把巧巧給融化的熱度與身體不斷交合的進出，以及夏城舌尖的吸吮、在頸邊接連落下的細綿親吻，都灼熱得巧巧喘不上氣。
胡巧巧又得意了，她奮力克制嘴角的上揚，以至於嘴都抖了下。
巧巧再次整理好面色，露出憐憫的神情說道：「妳真辛苦。」
「我真的很辛苦！」佟嫣大聲地可憐起自己，哇地哭出聲來。
巧巧瞧著佟嫣這副醉得亂七八糟的模樣，溫婉地微笑了，她拍拍佟嫣的手，溫著嗓音說道：「妳先別哭，妳好好想一想，會不會是因為妳一直都無法攻略他，所以他才對妳而言那麼深刻呀？」
佟嫣聽得倏地停止了哭聲，頓滯了下。
嗯？
慢著。
有可能耶？
佟嫣像那個俚語裡被一語驚醒的夢中人，瞠圓了眼睛。
這一刻的巧巧看著她，巧巧的眼神有些欣慰。
佟嫣漸漸地緩下抽噎，安靜地盯著桌面思忖了下，過三秒，她雙眼含著兩泡眼淚，一抬眼就猛地抓上了巧巧擺在桌上的手，一臉感激地放聲說：「對！好像是耶！妳好像提醒了我一件很重要的事情！對嘛，我幹什麼因為不甘心就這樣作踐自己？我這輩子都不要跟那個死人頭聯繫了！我現在心情好多了，謝謝妳！」

巧巧凝視著她，隨而微笑得彎了眼睛，細聲細氣地說了聲：「不客氣。」

這個冗長的夜晚，就這麼被巧巧三言兩語輕易地作了結。附近幾桌的客人側耳聽著都覺著不可思議。

只見佟嫵雙手握著巧巧的單手，嗚嗚啊啊地還在不斷道謝。

胡巧巧笑意未脫。

胡巧巧並不是一個普遍意義上一帆風順的人，可上天賦與巧巧一些奇特的能力，這讓巧巧總能作為一個人們眼中的「好人」。

甚至被胡巧巧賣了，還會幫胡巧巧數鈔票的那種。

# 【第十章】特別特別的

——當他接受我的告白的時候，我覺得沒有比那個更真的時刻了……

——他說他不能掉以輕心，人要不二過。

胡巧巧當夜返家，就不斷想著夜晚巧遇的佟嬿所傾訴的，與午餐時的唐辰曾說過的。

巧巧返回的是自己租住的套房，她躺上床，盯著天花板上的吊燈，咬起自己的指甲。

佟嬿誤會了十四年，她深信的「夏城答應告白就是與她心意相同」，其實是夏城曾對唐辰提及的一場過錯。

胡巧巧自小就非常明白一個人說出的話語帶有多少程度的真實，有時，她也因此而困擾。

——**自從上次再見到你，一直忘不掉你。可以見個面嗎？**

——**不可以。**

——**一輩子、一輩子、一輩子都不可以。**

巧巧知道那是夏城的真心話，他是要不二過的人，不可能再用姑且的心態去耽誤一個人，話說的便絕了。

可是。

——你別這樣……你看著我。

——我現在不想看到妳。

她想起傍晚在人行道上，夏城疏離的語氣。

「那也是真的……」

巧巧呢喃了句，翻過身，抱緊了棉被。

她終於想通了她胡巧巧這麼一個天塌地裂都能情緒管控的人，之所以會那麼難過，難過到晚上了還徘徊在串燒店的原因。

——我現在不想看到妳。

因為夏城是要不二過的人。
不會說謊的人。
所以巧巧，才會感到那麼受傷。
——你不會傷害到我，我也沒有那麼容易受傷的。
她想起自己曾經說過的話，實屬是有些打臉了。

——如果我要離開，妳會不會等我回到妳身邊？還是妳就放手了？
——我不會等你！
翌日是週六，放假的日子，巧巧生平第一次不知道怎麼為她自己說過的話開脫，更是第一次不知道在自己也受傷的時候，怎麼去安撫另一個受傷的人。
她回到老家，把這些告訴年紀只小她一歲的妹妹胡茵茵之後，得到胡茵茵的一句：
「因為妳第一次那麼在意一個人啊。我的好姊姊。」
胡茵茵捏著一份巧巧路上順手買回來的甜甜圈，很滿足地咬下一口，一口一句都是對巧巧親暱地喊我的好姊姊。喜歡吃甜的她現在說什麼話都是甜的。

巧巧坐在妹妹房裡的床沿，看著坐在旋轉椅上的胡茵茵。

「別把我說得好像我平常都不在乎人一樣。」

「我說的是妳第一次『那麼在意』一個人，我沒有說妳平常不在乎人，雖然就大範圍意義上來說，妳真的沒怎麼在乎人啊。我的好姊姊。」

「妳皮癢可以跟我說啊，我幫妳剝掉啊。我的好妹妹。」

胡茵茵聽著大笑，放下手裡的甜甜圈，坐到了巧巧身邊。

「妳從小就很會察言觀色，小時候爸媽都沒打過妳，我都被打個半死。」

「那是因為妳貪玩都不懂得收手，妳知道我也會偷偷晚睡，但我會設定一個限度，最晚到半夜兩點我就一定會睡覺。妳不一樣，妳老是偷偷熬夜就熬到天亮，爸媽半夜或清晨突擊檢查妳當然就會被抓包，妳還會三不五時就從窗戶偷溜出去，他們不打妳打誰啊。」

「我知道我活該，可是我要說的重點是，妳從小就很會察言觀色，妳一直都很知道要怎麼對付爸媽，但是妳從來也沒教過我一句啊，妳勸都沒勸過我。我不是說妳當姊姊的就該怎樣，而是說，妳的個性一直都是能不碰別人的事就不碰別人的事，妳會對我好，但是妳不會用妳的準則套在我身上，更不會叫我用妳的準則才是對的，也不會在乎我這個妹妹長大之後會不會覺得妳這姊姊都沒教育過我，這說好聽就是尊重其他人的認知，說穿了就是沒怎麼在乎其他人怎麼認知。」

大學修習心理學系的胡茵茵說得頭頭是道，並且強調：

「可是現在妳卻在乎那個叫夏城的人怎麼想的了。可喜可賀，可喜可賀。妳終於要像個普通人了。」

「什麼話。」

「妳這種人格在學術上還是有解釋的——」

「我現在在跟妳促膝長談小少女的戀愛困擾，別跟我扯學術，我翻臉啊。」

「誰小少女，小少婦吧。」胡茵茵說完自己又大笑起來，拍拍一臉不善的巧巧，說道：「如果妳只是說出妳真正想說的話，妳的夏城就應該自己去消化，然後做出決定。看他是要接受呢，還是不接受。」

「接不接受？他如果不接受呢？」

「那他就會跟妳分手。就算現在不分，之後也會分。因為他骨子裡不接受妳的表態，他這一輩子看到妳都可能會想起他對妳『不能接受』的地方。」

「那怎麼辦！」

「先不說怎麼辦，我先問妳，妳對他說那句『我不會等你』，是妳的真心話還是氣話？如果他要離開妳，妳真的不會像當初說要等江楠那樣等他？」

胡茵茵問出這一句，問得巧巧停頓了下。

巧巧張開嘴想要說話，卻發現語言像是哽在咽喉，一個字也發不出。

胡茵茵瞭解自家姊姊，於是自顧自地笑道：「那麼答案就是對了。」

巧巧有些哀怨地看著胡茵茵。巧巧自己也知道自己騙術高明，能夠面不改色地微笑說謊，可事情攤上她對夏城的心意，她就毫無辦法。

「他為什麼特別？」胡茵茵笑著問：「我能猜到妳不等他的原因，絕對不會是妳特別對他沒有意思，至於妳為什麼不願意等他，我想理由妳可能也還摸不著頭緒，我就不逼妳了。但是，妳起碼還是知道他對妳而言為什麼特別的『特別』吧？」

巧巧放在腿上的雙手交握，她抿了抿粉色的脣，蹙起眉間。

她想起昨夜佟嬿向她說過的。

——我想可能是因為他是個很真誠的人吧。

並且她又想起她自己曾對夏城本人說過的。

——你想要表達的，都是你的真話。我喜歡聽你說話。

於是她略帶遲疑地開口：「應該是因為他……很真？」

胡茵茵瞧見她一副被自己說出的話搞得更加困惑的神情，笑得更加爽朗。

「聽妳描述，他是個大小事都不會說謊的人，所以很不會交際。那如果有一天他學會說漂亮話了，妳就不喜歡他了嗎？」

「什麼？當然不會啊，怎麼可能。」

「所以就算他哪一天變得表面，變得市儈，妳還是喜歡這個人？」

「當然。」

「那妳說的原因就不是真正的原因。」胡茵茵側著身子，肩側輕碰了下巧巧的肩。「妳要是真的因為他很真所以喜歡他，那他哪一天不夠真了，妳就不會喜歡他了。所以，一直都對什麼都瞭若指掌的，我的好姊姊啊——」

我的好姊姊啊。胡茵茵說。

「妳真是被他弄得很糊塗啊。」

# 【第十一章】王冠與它的阿基米德的

巧巧在老家待了兩天週休。

胡爸經營一間鎖匙行，胡家一家人就住在鎖匙行樓上。週日夜晚，準備回市區的胡巧巧在鎖匙行門口發動自己的老舊機車，就在這時，一身白衫卡其褲的胡爸踩著一雙夾腳拖、牽著胡家養的老哈士奇，一人一狗慢悠悠地走了過來。胡巧巧見著了便把機車熄火，坐在機車上彎著身子搓了搓老哈士奇的小腦袋，胡爸則往她老機車的菜籃裡放了一組電子鎖。

胡爸說：「妳把這帶回去，現在治安很差，改天我過去幫妳裝上。」

胡巧巧直起身，頭戴安全帽的一張臉面容狐疑地往菜籃看了一眼，便正色地瞅向胡爸。

她說：「我房子租的，不可以裝。」

胡爸點點頭。「我知道租房子不可以自己換鎖。」

胡巧巧跟著點點頭。「所以你這是在催我買房子嗎？」

「不是。」

「所以你催的是什麼？」

「妳有對象了吧，我聽茵茵說了。」

「我怎麼一點都不驚訝。」

「別怪妳妹，妳妹大嘴巴不是一天兩天了，妳要不想她講出來就不該跟她說才對。」

「你真是非常瞭解你的女兒啊。」

「丘溪郎。」胡爸一臉正經地用臺語唸出笑死人，然後說：「我的女兒我還不熟嗎，妳別忘了妳也是我女兒，妳在想什麼我都比妳懂。」

「哦？」巧巧撩起嘴角，坐在機車上雙手抱胸。「我在想什麼？」

「妳在想我現在一定是奉那個躲在門後面的妳媽的命令來明示暗示妳，老大不小了也該想想結婚的事了。」

巧巧靈活的大眼滴溜一轉，瞥了一眼鎖匙行店門後的人影，復而望回面前的胡爸，對胡爸大大地微笑起來。

「答對了。我就覺得那邊毛毛的，她真是躲得不容忽視啊。」

「還有一些妳在想的，但是妳有點不懂的。要我這老頭子說幾句嗎？」

「請說。」

「茵茵說妳這次的對象讓妳不知道妳喜歡他什麼，可是卻喜歡到第一次那麼在意一個人？」

「對，她覺得我第一次因為別人的想法……或觀感？啊，還是應該說是、心情？哎，反正就是我因為他的不開心而不開心就是了。」

胡爸看著自家女兒為情所困的模樣，笑得眼褶子都彎了，黝黑的笑臉上盡是歲月的紋路。

他說：「妳在國小五年級的時候很喜歡一本書裡的角色，妳叫那個角色貓頭鷹醫生，那一年妳逢人就講貓頭鷹醫生很聰明、說了很多很有道理的話。有一天，妳哭得醜不啦嘰的回家，衣服上還沾了一堆泥巴。妳說班上有一個人說是也看了那本書，他說貓頭鷹醫生說的話都很笨，然後，妳說妳在一個下課時間把他約到學校後門的花圃。妳說，妳當時很慎重地跟他解釋貓頭鷹醫生說過的每句話都代表什麼意思，妳覺得他一定只是因為看不懂，所以誤解了貓頭鷹醫生，結果妳說，對方在妳說話的時候打了個哈欠，對妳說了兩個字——無聊。」

「無聊，對，我記得，他就是那麼說的，無聊。」巧巧笑了起來。「然後我就抓著他領子往花圃摔，在泥巴上滾了好幾圈。那可是我生平打的第一場架！」

「少給我一臉驕傲。」胡爸瞪她一眼，笑道：「所以這就是線索。」

「線索？」

「妳有沒有替那個人說過話？」

胡爸的一個問句，讓巧巧停頓了下。

——我們正在討論坐在妳旁邊的怪人。

——這段時間也真辛苦妳了，他很難相處吧！

她想起在公司的茶水間裡，那些分明曾受過夏城幫助的人，是怎麼在背後評判夏城。

——不難相處啦，他很熱心啊。

——這邊應該有人更瞭吧，之前要不是因為夏城出手相救，有人就要 fade out 了。

她又是怎麼微笑地，替根本不在場的夏城打抱不平。

巧巧低下頭，抿緊了唇瓣。

胡爸瞧她這副樣子也就曉得了答案，下意識笑了起來。

「妳這個能不多管閒事就不多管閒事的個性，如果會替一個人挺身而出，是因為什麼，簡單想一下，不就明白了嗎？」

胡爸這一問，問得巧巧凝了神。

「明白什麼？」

「明白妳喜歡他什麼啊，蠢小孩。」胡爸拗著手指敲了下胡巧巧的安全帽。

「妳不容許別人貶低他什麼特質，不就跟妳不許別人批評妳的貓頭鷹醫生不聰明一樣嗎？」

而巧巧聽著，只是安靜地思忖了下。

她垂眸看著乖巧坐在胡爸腳邊抖著舌頭的老哈士奇，想起在KTV裡，她是如何把一個人看成一隻需要保護和教導的、善良的狗。

她點點頭。

「我可能有點明白了。」

星期一上班的時候，胡巧巧打完卡，一走進辦公室就看見自己座位旁的夏城已經對著電腦繕打設計稿的文案。

夏城一身黑衫西褲，肩線平直地拉出寬厚的背影。巧巧想起同居時的日子，清晨時的夏城會坐在床沿，輕撫她的臉，沉著嗓音款款地喚醒她，她會迷糊地對他笑，動作遲緩地趴伏在他厚實的背上。她會模糊地呼喚夏城，夏城，然後深深呼吸。他的氣味乾燥，好聞。像是永遠，這樣的概念，會有的氣味。

巧巧下意識皺了下鼻梁，想起這些，讓她有點鼻酸了。

她真的想他了。

胡巧巧今天特別梳整了自己一頭黑色長髮，她覺得今天會是重要的一天，她想要把局面扳回來。這個週末，她明白了自己為什麼喜歡這個智商嚇人，情商也嚇人的人，雖然完全是兩種意義上的嚇人。她微笑起來。她知道即使在這樣鬧得尷尬的時候，她也能因為想起夏城是什麼樣的人，而微笑起來。

她明白了她愛的不僅是那些清晨的氣味，她愛的，還有夏城笨拙的熱心。

與良善。

明白就是這麼一件不可逆的事。

當一個人的腦子明白了一件事情，身體就忘不掉了，直到身體死掉的一天，她都會明瞭自己這麼喜歡這個人的原因。

巧巧溫潤了眼神，決定要好好地與這個人談開，保下這一場特別重要，不可以錯過的感情。因為重要，所以她有些緊張了，她趕緊打起精神拍了拍自己的臉頰，挺直腰桿的同時將一側髮絲勾上右耳，確認自己準備好了，便滿懷氣勢地走了過去。

站到夏城身邊的時候，她故作自然地拉開自己的辦公椅，硬是扺出開朗的笑靨，忐忑地朝夏城道了聲：「早啊！」

未料夏城只是淡定地回了句：「早。」看上去稀鬆平常。

夏城的目光慢半拍地從電腦螢幕上移開，一雙漆黑的眼睛看著巧巧，他的黑色眼睛眸尾略垂，厚厚的雙眼皮與稍微提高的濃眉讓他看上去有些慵懶，沒一絲緊繃。可巧巧多看了一秒，察覺了他眼神中一閃而過的欲言又止，以及那有些浮腫的深色眼瞼，掛著疲態。

於是巧巧高情商的腦子高速運轉了下，各方評估後，決定打開天窗說亮話：

「你是不是有話想對我說？」

夏城不說話，思考了一下才說：「我這兩天沒有睡好。」

巧巧彎起脣角，坐了下來。「然後呢？」

「我跟一個人吵架了。」

「嗯。」

「我以前不知道吵架是這麼難受的事情，上次張豐跟我說，他是因為跟唐辰吵架了，所以失眠了好幾天，我那時還不能理解，現在我可能有點知道了。我這個週末一直在想要怎麼跟那個人和好。」

「這樣啊。」

「妳覺得要怎麼跟一個人和好比較好？」

夏城沉靜地問，巧巧聽著，以鼻息吁出綿長的笑。這個人無論如何都將她視為港灣、遇上難題只找她求救的雛鳥行為，令她感到溫暖。

她覺得有必要提點他一把。

於是巧巧說：「我覺得你要先跟她說話。」

夏城想了一想。「我已經有跟她說話了，之後怎麼辦？」

「不對，你還沒有跟她說話。你現在只是在向一個人諮詢。」

夏城聽著覺得有點道理，點點頭。

「妳說得對，我要先學好怎麼跟人和好，再去跟人和好。所以我跟她說話的時候，我要先說什麼比較好？我查過網路，網路上的人都說不管怎樣先道歉就對了。」

夏城一臉認真說出這席話的瞬間，巧巧失笑了。

「你不要亂學。我覺得你先不要一直想怎麼樣『比較好』，也絕對不是什麼先道歉就對了。我最討厭亂道歉的人了，那像是『我都道歉了妳還要怎樣』，或是『我不知道我為什麼要道歉，但反正道歉省事一點，不然我就道歉好了』。一點營養都沒有。」

「我沒有那些意思。」

「我知道，所以我說你不要亂學。」

巧巧慧黠地在辦公桌前坐得端正，她環著雙手，手肘靠在桌面上，頭頭是道說著話時側著腰，一張臉湊近夏城。

夏城同樣坐得端正，身向自己的電腦螢幕，俊氣卻帶些微疲倦的面容看著巧巧。

他們像是學校裡同桌的學生，在上課時間聊著成為大人後應該怎麼做。

早慧的巧巧告訴夏城，要解決吵架，就要先瞭解吵架是什麼。

「吵架的本質就是在用傷害對方的方式溝通，溝通是好事，傷害是壞事，可是受傷的是兩個人，所以沒有誰欠誰，不需要一方先道歉。要解決吵架，你就要先想吵架的時候你為什麼生氣、為什麼受傷，對方又會因為什麼感到受傷，這個時候你只需要表達。」

夏城忽地半舉起手發問：「表達什麼？」

「表達你覺得哪裡不滿啊，這樣對方才有機會解釋給你聽。你也要表達你不知道對方是不是也有不滿的地方、是不是也覺得有點受傷。我們人會覺得受傷，一定是覺得自己受委屈了嘛。你可以試著表達你想要瞭解對方，就請對方可不可以告訴你、讓你知道她哪裡受委屈。」

巧巧理性地分析著，彷彿她不是當事人似的。

夏城放下半舉的手，目光炯炯地頷首，一副世紀模範生的好學模樣，讓巧巧不住微笑。

結果夏城現學現賣，只是問法有點奇怪：

「妳哪裡委屈了？」

巧巧臉上的笑容乾了一秒，瞬間消失。這什麼妳有什麼好委屈似的說法！

「不是這樣問！」

然而就在巧巧沒把控好音量地大聲起來時，公司門口傳來一陣談話聲，引得兩人同時望過去。

只見平時管理巧巧與夏城的一位男性經理一面談笑，一面領著一身棕色西服的江楠走進偌大的玻璃門。

經理與江楠早在高中年紀時便是舊識，他們談論著江楠公司即將推出的新一季服飾。

經理滿眼笑意，意味深長地來回看了眼江楠與仍在座位上的胡巧巧。

接著經理朝眼神警戒起來的胡巧巧喊：「巧巧，五分鐘後到第二會議室！」隨而帶著江楠往所謂的第二會議室方向走去。

江楠在經過巧巧身邊時揚起了微笑，巧巧也回了一個微笑。

當經理與江楠消失在視線範圍，巧巧第一時間憂忡地看向夏城，而夏城只是目光慵懶地笑道：「零分。」

巧巧一愣。「什麼？」

夏城的食指在嘴前劃了一道U形弧線，說道：「妳的假笑。」

說來有趣，巧巧對江楠的假笑，讓夏城有些底氣了。

坐在辦公椅上的夏城在巧巧起身準備前往第二會議室時，伸手拉住了她。巧巧的左手腕被拉得整個人轉向了夏城，她的右手捧緊江楠公司的紙面資料。

夏城提著眼沉靜地與巧巧互視半晌。

夏城說：「下班的時候可以跟妳說一些話嗎？」

巧巧凝視著那一雙黑色的眼睛，眼神終於鬆弛下來。「可以。」

然後夏城終於願意鬆手，輕輕放開她的腕間。

像是信著即便放手，這個人也不會從他身邊逃走。

下班的時候，夏城與巧巧確實說上話了，但和他們想像的不太一樣。

「妳為什麼答應拍攝！」

「那只是工作！你沒在現場，你不知道經理給的壓力多大！」

他們站在公司附近的一座兒童公園裡，面對面，在黑色軟墊上的大型溜滑梯旁越講越大聲，嚇壞一群越退越遠的小孩子。

「妳知道他們這次十二月號新品主題叫什麼嗎？」

「我知道，但那跟我無——」

「跟妳無關？那就是衝著妳取的！」

「你夠了，姚夏城！」巧巧單手揪上他的衣領。「你最近太反常了，這麼情緒化根本不像你，你理性一點！我已經快要不認識你了！」

夏城被揪著襯衫領，忽然面色無波地垂視著巧巧。

「不怪妳。」他說：「我也快要不認識我了。」

巧巧怔住一秒，覺得不能再這樣負面地打轉下去了，於是又硬氣起來地就事論事。

「就算他們的新品主題是衝著我的又怎樣了？那也是江楠一廂情願，你要發火就對江楠發火去，關我什麼事！還是你不相信我答應當新品模特兒只是為了工作？你覺得我還對他有意思是嗎？」

「不是。」夏城眼神淡漠，坦然地說：「我可能也不是在氣妳。」

他握住巧巧的手腕，緩緩地將她扯在他領口的雙手鬆開。濃郁的夜色下，圍繞著滑梯的一支支路燈照亮他們的臉。巧巧看見他的容顏有著無可奈何的味道。

夏城伸手撥攏巧巧披散一側肩上的髮。

「我氣的可能是過去的妳。」

夏城沉聲說道，巧巧聽著，感到排山倒海的冤枉，眼眶竟忽然有些熱了。

她焦急地說：「可是過去的我不是現在的我，我說過好幾次了，過去的我犯的蠢，為什麼要現在的我背鍋！」

夏城低視著眼底盈滿水的巧巧，雙手輕緩地捧上她的臉。她的臉在這樣的冬季很冰涼，夏城卻覺得並不是冬季的關係。

他沒法給她暖洋。

這一切於他而言，還是太陌生了。他還沒能操作好自己的情感。

「說願意的等待的人。」

夏城唸出江楠新一季衣飾的主題名稱，那唸誦的語氣像唸著詛咒。

他說：「妳知道嗎，我無法控制自己，我越來越無法控制自己了。我被中間那個字氣得沒辦法思考。」

巧巧眨落一滴淚水，蹙著眉。「中間的字？」

「說願意『的』等待的人。」夏城強調了那個字，說道：「除掉那個字，說願意等待的人，說得就是過去的妳對他說過願意等他。加上那個字，說願意『的』等待的人，說得就是妳這個等待他的人，是會對他的求婚說願意的。」

胡巧巧這下聽懂了，淚水不受控地滑落，沾上捧在她臉上的，他的手。

夏城相對溫熱的手指開始為她揩去一道道眼淚。

巧巧哽咽地說：「我可能知道你為什麼這麼介意了……對不起，我太後知後覺……」

江楠創作的新一季概念服飾，設計主軸放在了洋裝式的復古輕婚紗，灰杏色蕾絲鑲縫在一件件日常約會也能穿著的微奢感洋裝上，點綴作舊的百合花金扣。巧巧意識到她曾要江楠為她買單的成套金飾，所有的樣式，便是百合花。《說願意的等待的人》百分之百以巧巧為靈感，請巧巧當模特兒拍平面廣告的出發點，無非是影射著江楠前來迎娶那等待的人，而等待的人，將穿著他為她準備的一件件婚紗，說願意。

「但我不會。你知道的，對不對？」巧巧以氣音問著眼前的人。「你知道現在的我不可能對他說願意的。答應拍廣告，也絕對不是說願意了的意思。你不要誤會我……」

夏城看著眼淚越掉越快的巧巧，面色淡然地傾身吻去她不間斷的淚水。

他的唇尖伏在她體溫偏低的臉頰上，低聲說道：「我知道，我都知道。我知道妳不會從我身邊逃走。只是——」

夏城說，可能我只是擔心。

「可能我只是擔心。擔心妳並沒有像妳當初愛他一樣愛我。」

巧巧聽著心跳落了一拍，著急地望上他的臉。

「我愛你絕對勝過我當初對他的感情！這點你一定要知道！」

胡巧巧又一次揪上他的領子，這一次連他的大衣領口也一併揪了，揪得夏城脖頸一勒，發出差點被掐死的氣聲。

然而胡巧巧沒在意自己雙手的力道，揪得死緊，持續說著：「你不要問我那為什麼我當初說會等他，現在卻說不會等你。我不知道，我還沒有答案。可是我對你的感情更深，這是無庸置疑的！我覺得這世上沒有比你更善良的人了，你對人無害，我受不了任何人對你有害，我會無數次的為你打抱不平，不是因為正義感，而是因為我打心底崇拜你這樣的人，我是一個連自己都騙的人，我說過我為了達成目的可以不擇手段，我活在我自己的世界，我為了我自己傷害過很多人，所以我對這樣的你感到、怎麼說呢，我對這樣的你、不會去傷害人的你……我想，對我而言，你很珍貴……」

「好，妳可能要先放手……」

夏城怕傷到她的手，又不想被勒死，於是雙手不敢太大力地摸上她的手腕想把她的手移開，可她忽地一個使力，把他的領子揪得更緊。

「我不可能放手！」胡巧巧這會兒急哭了，她放大音量強調。「我想要跟你在一起！我們不要再為那些不相干的人……」

「我說、妳的手……」

夏城喉頭乾澀地擠出這幾個字，巧巧這才意會過來，趕緊放開他的領子。夏城乾咳了幾聲，抬起臉時，咳得笑了。

——我不可能放手！

不知道為什麼，說著不會等他的，這個女孩，卻能夠那樣真摯地說出這樣的話。

夏城伸手將巧巧拉入懷裡，一隻手扣上她的腰，一隻手死死地壓在她發燙的頸後。他低頭閉上了眼，一張俊氣的臉龐，緊緊靠上她耳邊。巧巧聽見夏城的呼吸，吐息間，竟有些顫抖。

巧巧的眼睛又眨得潤了，溼熱的淚水不住淌落。

她知道夏城微笑了，她的耳際貼著他的脣，夏城微笑了。

腰間的力道強烈，巧巧被擁抱得緊密。她望上沾著星點的夜空，十一月的天氣寒冷，可是這個人很溫暖。巧巧伸手回擁了夏城，整張臉湊近了他寬闊的肩，深深呼吸。他的氣味是乾燥的。

巧巧嚥了嚥唾沫，試探地問：「你在笑嗎？」

耳邊隨之傳來模糊的低應：「嗯。」

「為什麼？」

「因為妳很好笑。」

「什……」

「妳真的不明白妳有多喜歡我，是嗎？」夏城笑著鬆開環在她背上的雙手，漆黑專注的雙眼直勾勾地望入她溼潤的杏眼。

巧巧望著那些微逆光的、有些蠱惑人心的臉，不禁一怔。

夏城勾起一側脣尾，嗓音溫潤。

「沒關係，不瞭解的事情放久就會明白了。就跟阿基米德一樣。」

「什……吭？阿基米德？」巧巧這是越聽越不明白了。

然而夏城卻笑了，他的額際貼上她困惑的眉心，他的一隻手牽上她的。

夏城嗓音煦煦地告訴她，關於阿基米德，與一頂王冠的故事。

他說：「在古希臘，有一位國王讓工匠製作了一頂純金的王冠，但國王擔心工匠偷工減料，所以請來了阿基米德鑑定王冠的成分。阿基米德為了解開國王的難題，苦思很久。他嘗試過很多方法，還是不知道怎麼做。」

直到有一天。

「有一天，阿基米德在洗澡的時候坐進澡盆，他看見水溢出來，自己的身體被浮力托高，他才發現他能用浮力來解開國王給他出的題。」

腦門還貼著巧巧額心的夏城娓娓道來，近距離下，巧巧稍微提眼瞄著夏城專注往下望的雙眼，感到心底一陣燥熱。這是她熟悉的夏城，總是一本正經為她科普的夏城。好喜歡啊。

她想著，怎麼能這麼喜歡一個人。

她偷偷彎起嘴角，耳邊是夏城還在科普的低沉聲音。

「心理學家說，這就是所謂的醞釀效應。」夏城解釋：「他們說，把難題放在一邊，放上一段時間，妳自然會得到答案。」

胡巧巧聽著停頓下。

「是嗎？是這樣啊。」眼眶溼潤的巧巧不知怎地，加深了笑意。

於是關於怎麼能這麼喜歡一個人，以及。

具體而言有多喜歡，或者。

在那麼濃的感情下，卻反而在失去時無法等待——

所有的難題放在一邊。

放上一段時間，會有答案的。

而於此之前，胡巧巧要做的，也許只是把握好……

「但是妳知道嗎，更多時候人是會選擇放棄的。」

就在巧巧內心上演溫情勵志的橋段時，夏城忽來的一句話，讓巧巧的笑容又一次乾在臉上。

「吭？」

巧巧腦子一白只能發出一個吭。

夏城相當公允地分析道：「醞釀效應是需要時間的，可是心理學上的半途效應告訴我們，人的目標行為的中止期大多發生在半途。他們說，中間點附近是一個極其敏感和極其脆弱的活躍區域。」

夏城說。

「人可能都有阿基米德第一次聽到任務的時候，那種接過國王的王冠，然後不知道該拿它怎麼辦才好的時候。人會想盡辦法地解決問題、拿到答案，但是人也是一種很容易在半路決定返航的生物。」

巧巧聽著不禁呼吸一滯，頸背一顫，額心便離開了夏城的眉間。

她仰望著他若有所思，卻不及陰鬱的面孔，她覺得眼前的，是一個把世間道理看得無比清楚的人，這一刻卻摻和了他並不熟練的情感，於是顯得拉扯。

夏城神色複雜地對她說：「有時我會想，阿基米德在放下王冠跑去洗澡的時候，他有沒有想過要放棄。」

巧巧看見說著這些話時的夏城，有了人味。這裡的夏城，已不是初識時，那樣無機質般的夏城。

夏城的眼神帶著些凝重，或者，對於世界的無可厚非。

「很多時候，人是會選擇放棄的。」他說：「目標選擇的合理性、個人的意志力，這兩大因素會把人扯回去。我說的是，扯回原點。」

可是。夏城說。

「可是我想，在起點——在那裡，阿基米德拿到王冠的時候很興奮吧，他覺得這會是一場有趣的冒險。」

——我只是在想你這麼有趣的一個人，實在沒道理被說成無聊透頂。

夏城一面說著當初的阿基米德、可能會有的模樣，一面想起巧巧曾對他說過的話。

那一刻的巧巧一雙清透的棕色眼睛，毫無遮掩地對他亮起了興致。

夏城看著這一刻的巧巧，那雙棕色眼眸仍是那麼直率地，裝下全部的他。裡裡外外的夏城，巧巧全看在了眼裡。

一路走來總是沒有人能理解的相當奇怪的男子，被看進了一副美麗的眼睛裡。而這副眼睛喜歡了他，這樣的他。

夏城微笑起來，輕輕撫上她的臉。

「我想，王冠被阿基米德拿到的時候，也覺得終於有可能被一個人瞭解。」

夏城像是故事裡的，那一只王冠，對著一心望著它的阿基米德——一心望著他的胡巧巧，沉聲說道。

無論王冠是純金，或是偷工減料。

無論夏城是完美的高智商，或是低情商的廢物。

無論是什麼成分，被那樣心無旁騖看著的時候，都可以是幸福得一塌糊塗的。

可是如果，如果妳來到了半途，看不見前路。
終於還是黯淡下來的王冠希望妳可以走得慢一些，但請不要返航。
請不要返航。
夏城望著路燈下的巧巧，心想著這一切。
不想要失去這一切。
至少，不要太快。
巧巧仰面瞅見夏城的眼底似乎有些水波，她不知道他何以突然憂傷，雙手摸上他的臉。
「你怎麼了、突然的。」巧巧低聲問著，雙手攬上了他的後頸。她思索了下他口中的阿基米德與王冠，推敲片刻，也就立刻反應了過來。她慧黠地湊近他的臉。「你是那個王冠嗎？」
夏城不說話，只是凝神審視著巧巧的眉眼，脣瓣，與有些凍紅的鼻尖。
他低下臉，鼻子蹭過她冰涼的臉頰，吻上她的鼻，她的嘴。
胡巧巧迎接他脣尖上的溫度。她知道，她說對了。
她的王冠深怕被放棄理解。
——很多時候，人是會選擇放棄的。

——目標選擇的合理性、個人的意志力，這兩大因素會把人扯回去。

——我說的是，扯回原點。

她的王冠，捨不得回到原點。

「我不是故意讓妳那麼累。」夏城牽起她的手，在她的掌心慎重地親吻。他將她的手貼上自己有些凍涼的臉，嗓音非常溫柔：「我覺得王冠想對它的阿基米德這樣說，卻不知道怎麼說。」

巧巧看著他一雙漆黑的眼睛，那垂視著她的一副眼神，柔和得像往她的心口塞入一把棉花，填得嚴嚴實實。

她莞爾一笑，搓了搓他的臉。

她告訴他：「我覺得即使王冠不說，它的阿基米德，也沒有想過要放棄。」

巧巧說完笑著踮起了腳，摟著他的頸背，使勁吻上他柔韌的嘴。她伏在他的唇上說：「我不會放棄的。」

即使你再難懂。她說。

「即使你再難懂，或者，你丟給我的難題再難懂，我都會搞懂的。要醞釀多久都沒關係。」巧巧放下腳跟，又一次抓上他的衣領，笑道：「難題放久了就會得到答案，對嗎？」

夏城望著她的笑靨頓滯了下，緩緩地牽起唇尾。「嗯。」

他低應著，隻手捏上她的下頷。

她笑起來。

她說：「那我們慢慢來。放一輩子。」

巧巧忽然的一記直球讓夏城心一熱，他看著她笑逐顏開的模樣，情不自禁地將她按進了懷裡。他撩起一側唇尾地笑。

「妳這不是在跟我求婚吧，胡巧巧。」

夏城的問句讓胡巧巧咯咯地笑了。

「如果我說是呢？」

「那我就說好。」

夏城快速的回答，讓緊貼著他胸口的巧巧笑得更大聲了。

她的笑聲震著他的胸口，在他的心口擴散。

夏城好喜歡她的笑聲，那像是他這一輩子都在等的笑聲。

所以原來他自己也是一個說願意的等待的人。他忽然就沒那麼排斥這一季的新品名稱了。

夏城揉了揉巧巧的黑色長髮，鬆開她時，緊緊牽住了她。

他厚實的大手包握住她纖細的手掌，一如往常地說出那句：「買晚餐，回家。」

他領她走出公園。

眼帶笑意的巧巧跟在他身後，看著彼此交握的手，那牽手的姿勢，力度，方式，與角度，夏城走路的姿態，與時不時看向她、確認她跟好了的沉穩眼神，全部，全部都是她記憶中的模樣。

她心一緊，咬緊了下脣。熱流漫過她的臉頰。

這是她第一次意識到，興許在感情裡會刻得最深的，並不是轟轟烈烈。

而是一如既往。

# 【第十二章】吃到國王派裡的小瓷偶的

「看這邊。表情再放鬆一點。對。很——好。」

結果巧巧還是作為模特兒，在公司的攝影棚進行了平面廣告拍攝。攝影師拿著相機喀喀喀地按著快門，不斷給胡巧巧下指令。

「動作自然一點。手扶著壁爐。對，扶著。很——好。」

打扮中性的女攝影師俐落地調焦，又一次喀喀地拍攝。

攝影棚被布置成一座廢棄的歐式舊宅。燈光組將現場打得昏暗，殘舊而明顯歪斜的水晶燈下，巧巧站在一張帶著蛛網的深紫色菱格紋座椅旁，一手扶上生灰的金白色壁爐，一手握著褪色的燭臺，面無表情地望著鏡頭。她身穿一襲優雅高領的米白色蕾絲洋裝，輕貼著脖頸的蕾絲花紋，是一朵精緻的百合花。

「好，請坐到椅子上，看我這裡。給我一個憂傷一點的微笑。對。維持！很有意境！很——好。」

巧巧在紫色宮廷座椅上坐直了身，按照攝影師的要求露出傷感的笑靨。束在下胸的鬆緊設計襯托了巧巧挺直背脊時的身體線條，衣料鬆軟，多層次的大襬圍裙襬縫有大量蕾絲褶子，披散在她白皙的腳踝，如點綴蛋糕的奶油般細緻。

這已經是整場拍攝的最後一套輕婚紗。

經過最開始兩套洋裝上身後的指導，巧巧快速進入狀態的慧根讓攝影師有些驚豔。在攝影師及一旁攝助的引導下，巧巧很快知道了什麼樣的坐姿，又或者起身回望時的腰身，能夠展現衣料什麼樣的特點。針對不同裝束，她甚至會在不違背攝影師的指令下，考慮到鏡頭方向而做出更好的微調，以展現當下身上的服飾重點。頂著濃豔妝容的巧巧並且精準掌握了表情管理，紅唇的開闔努抿，上揚眼線與深色眼影下的一對杏眼如何鬼魅，又如何像是懂得毒咒的巫女。

夏城作為共同執案者，站在攝影師後方看著小螢幕發怔。在那即時影像裡，巧巧的每一個動作輕緩典雅，眼神間富含的惆悵，美麗卻讓夏城又生了點沉甸甸的小心思。

江楠就站在另一側靠近門邊的地方，雙手抱胸，面帶隱約笑意地遠遠看著鏡頭前的巧巧。

夏城心底不踏實的地方，莫過於他向巧巧坦承過的。

——可能我只是擔心。擔心妳並沒有像妳當初愛他一樣愛我。

夏城很清楚胡巧巧並不會回到江楠身邊。只是曾經江楠離開的時候，胡巧巧是不是也像現在在鏡頭前露出的神色那樣，在一片身體裡的廢墟裡黯然。

關於巧巧曾對江楠許諾了等待，卻沒能對夏城做到一樣的事，真正讓夏城擔心的，是巧巧對自己的感情，或許並沒有辦法超越當初她對江楠的。像是夏城自小就擔心自己不夠完善，不懂得人情世故或者是看人臉色，以至於變成人們眼中「如果再更如何就好了」的令人遺憾的角色。

終究，他只是希望有一個不論他多令人遺憾，都給他最深的愛的人。

像是他能給出的那樣。

——我愛你絕對勝過我當初對他的感情！這點你一定要知道！

而胡巧巧對他這麼說了。他想。

擔心的，還是會擔心的。可是，胡巧巧這麼對他說了。

他不知道她是不是足夠瞭解她自己。胡巧巧脫口的哪一句話是真的，哪一句話是胡巧巧自以為是真的。這對夏城而言都太難了。夏城的世界裡只有實話。

——我不可能放手！

可是夏城願意相信那一刻。胡巧巧激動說出不可能放手的那一刻。他看見過她的棕色眼睛閃過堅決的光。他想那是騙不了人的。

夏城站在攝影棚一隅，看著燈光下的巧巧像鑲著金邊輪廓的線，夏城站在那裡，像小時候看著眾星拱月的那些受歡迎的人。他可能從來也不是羨慕能夠受到那麼多喜愛。

他可能只是偶爾，很偶爾地，也想是某個人心中最喜愛的。

夏城看著巧巧伸展柔軟身段展現衣料的模樣，覺得自己就像那些年的小男孩，不懂得同理心，也不懂得捍衛姊姊的小男孩。

「好！可以了！」攝影師移開對著胡巧巧的鏡頭笑道：「辛苦了，去換裝休息一下吧！」

「好的，謝謝您，辛苦了。」巧巧禮貌地對攝影師欠身道謝，隨而朝夏城的方向投以笑眼。

夏城牽動嘴角，正想起步過去，江楠卻搶先一步跑上前將巧巧一把拉走，巧巧震驚地踉蹌了下，腳下的跟鞋不好抗衡，就這麼在眾目睽睽下跌跌撞撞地被拉出昏暗的棚內。夏城愣然地立刻追上去，只見巧巧在出了門框的瞬間就使力甩開了江楠的拉扯，止步於外頭的樓梯間大聲怒斥：「你幹什麼！」

夏城由後一把摟住了巧巧的腰腹，另隻手護在巧巧的肩頸。

然而被怒目斥責的江楠依舊嘻皮笑臉，對著眼前的小鴛鴦說道：「你們這個組合看上去就無聊。」

江楠的雙手揣在西褲口袋，提高了下頷來回審視面色不善的夏城與巧巧。

「胡巧巧，妳好歹挑個有點意思的來氣我。妳以為我看不出來那天妳只是隨便拉個人演演戲說是男朋友嗎？」江楠慢悠悠地說起在公司樓下的麵包店，三人碰見的那天。他看向欲言又止的胡巧巧，在樓梯間死白的光線下，嘲諷地指向夏城笑道：「就他這類型，看也知道不是妳的喜好。」

「我的喜好就是和你相反的人。」胡巧巧立刻懟回去。

未料江楠一句「我怎麼記得妳曾經就最喜歡我這一型」，惹得胡巧巧一瞬間無比難堪。

夏城感受到懷裡人的背脊一僵，他忍無可忍，火氣直上地開口：「直到你這一型讓她想吐。」

胡巧巧聞言看向夏城。她抬頭只見俊氣的面容冰冷淡漠，可那一雙漆黑的眼睛裡有著毫不掩飾的占有，燒得那一刻的胡巧巧臉頰一熱。

巧巧知道先前讓彼此有了嫌隙的，並不是江楠，而是巧巧與夏城的不自信。巧巧擔心夏城對佟嬿補傳了什麼樣的簡訊，而夏城，則擔心巧巧沒像過往愛江楠一樣，愛著自己。

可看看這裡的夏城。

巧巧望著夏城一股子底氣的模樣，微笑得眼眶溼潤。

這個人即使尚未從她那裡得到滿意的答案，還是無條件地相信她了。

江楠看著巧巧一副眼帶水光、直盯著夏城瞧的模樣，頓時不悅了。江楠喊了聲巧巧，待巧巧望過去，他沉下了聲問：「妳到底耍什麼脾氣？我為了妳離婚，妳不就是等這一刻我們能在一起嗎？妳是氣我當初還是結了那個婚才又來找妳？我說過那只是——」

「你這人真的挺荒謬的你知道嗎？」巧巧忽地笑了，還笑得挺歡。她提高了音調：「你為了我離婚？你如果真是會為了我離婚的人，你當初就不會去結婚。你只是因為你們自己的糾紛談不攏所以離婚，然後你才想到，喔對，還有胡巧巧這個人可以耍一耍。」

「不是——」

「不是什麼？」巧巧湊近夏城一步，看向江楠的眼神變得陰暗帶笑。「你以為我沒在看新聞？你們這對小夫妻都是富二代，兩家人合著有多少生意，跨了多少產業，你們兩家人為了股權明爭暗鬥的消息天天吵，一打開電視就有你們的新聞，我沒想知道還避不了。所以你別想把你們離婚的狗屁原因賴到我身上。還有，你搞清楚了，我答應來當模特兒只為了工作，請不要過度聯想。」

江楠聽著，面色陰沉下來。他瞥過一眼夏城，又瞅回巧巧堅定的一雙圓眼睛。

「胡巧巧，別一副聖人的樣子，當初可是妳堅持不聽不看、裝作妳不是個第三者。不是個好人就別裝好人，不適合。」江楠諷刺地強調，並且：「我沒想要妳，所以妳也不需要再和我玩些沒用的把戲。妳這假男友的戲碼，也該適可而止了。」

「你腦子哪裡有問題？」夏城索性將巧巧拉到了身後，一隻手牽緊巧巧地對江楠一字一字清晰說道：「我說了，我是她的男朋友。」

江楠嗤笑。

「是啊，是啊。那天我們單獨見面你就說過了。」江楠死皮賴臉地朝著巧巧投以一個意味深長的眼神，笑說：「可是我也可以模仿曾經的胡巧巧，裝作你們一點關係都沒有吧。」接著江楠又望回夏城，說了聲：「你說是嗎？假男友。」

那又一次點出胡巧巧過往行徑的一句話讓巧巧瞬間惱羞成怒，她抽回被夏城牽握的手，上前就給了江楠一巴掌。

「不准用你的髒嘴那樣說他！」巧巧惱怒地有些想哭。她知道自己做過令人慚愧的決定，她後悔；已然發生的現實，她接受，可更多的是不願讓夏城知道她曾經的愚蠢。這一刻的她哽咽地快要說不好話，她只能一面嗚咽，一面說著：「我們、在交往……很認真的交往！我不是、不是聖人，可是我遇到他……我們都是真的、我和他之間都是真的，所以、你不准說他是什麼假男友，不准！」

江楠近距離看見胡巧巧一雙棕色眼眸帶著銳利的光芒，一瞬間他就知道，胡巧巧這是認真的。他也曾經見過胡巧巧的這一副眼神，對著他。

——晚一點再跟我求婚吧。我會等的，如果到時你還是光源的話。

江楠想起胡巧巧曾經說過的話。說著這些話時的巧巧，眼睛裡有光。

所以原來胡巧巧並不是當真一定要等待這個人回來娶她，江楠只是剛好，在那個時刻，被胡巧巧定義成了一盞光。

從頭至尾，胡巧巧的光源，只是她眼睛裡的光點，她把視線給了誰，誰就是她的光。

而這一刻——

「我不是妳的光源了，是這樣嗎？」江楠脫口而出。

胡巧巧停頓下，抿緊了脣。

「嗯。」她低應。「很久了。」

「多久了？」

「我不知道。」巧巧垂下眼簾。「很久了。夠久了。只是在麵包店那天，我才突然知道，我已經不想要你了。」

江楠蹙起眉間。「為什麼？」

巧巧被問得抬起了眼。

「因為你對我說了一句話。」

——說好的，該兌現了。

巧巧說：「那句話讓我知道，我一點都不想和你兌現。」

巧巧換回了自己的裝束，她散下黑色長髮，短在眉上的娃娃瀏海這一刻有些凌亂，披在紅色高領毛衣與及膝包裙外的，是一件高雅帶腰身的黑色羊毛大衣，腳上一雙小牛皮短靴在地磚上踩得叩叩作響。

時間來到傍晚五點五十分，天色昏黃，她站在百貨公司門口，雙手並用扯住夏城深褐色的獵裝外套。

夏城回過身，面色漠然地看著胡巧巧。

巧巧白皙的臉上還頂著化妝師為她塗上的濃豔妝容，蓋著深色眼妝的、一雙眸尾上揚的杏眼這一刻盈滿淚水，眼神卻有著倔氣。

這看上去顯然是一場年輕情侶的吵架現場，一位男性街頭藝人在旁唱著DANSU 的《DO DO DO》，彈著吉他，一副鼓吹他們吵一吵就開始歌舞青春的節奏。

周遭稀疏的人群注意到巧巧與夏城的對峙，紛紛用餘光打量這對衣著時尚，外型登對的男女。

There is a girl in the lobby of a cheap hotel.
She's got her eyes fixed on the floor.
She is collecting pieces of the broken hearts.
Of the people who were there before.

雅痞模樣的街頭藝人唱著，關於一位站在廉價酒店的大廳裡，心碎得一片一片的女孩，如何想著曾經在那裡的人。

夏城不滿意在這樣的時刻聽見這樣的歌詞，眉宇間凜冽了起來。

胡巧巧看見那對揪起的眉，也揪起了眉。

「你又在不開心什麼？」

巧巧語氣不耐地問著，問得好像夏城只會耍脾氣一樣。

說來好笑，一向高情商的巧巧自從與夏城交往，就像變了個人似的，面對夏城只能一腸子通到底地表露不滿。一向對任何事都淡定以對的夏城，面對巧巧就變成個地雷滿地的不定時炸彈。

然後這顆炸彈說話了：「剛剛在攝影棚，妳對他說不想兌現。」

「對啊，不然怎樣，我要說我想兌現嗎？」

「那代表妳承諾過他。」夏城自知這是鑽牛角尖了，可還是按捺不住情緒地掐上她的下頷，逼視她，語氣寒涼地說道：「妳對他曾經是真心的，所以妳願意承諾他，也所以本性好的妳願意待在他身邊，去變成一個別人眼中不好的人。妳為他心碎過。」

「那又怎樣，你自己也說了那是『曾經』！」

「妳知道嗎，我一直很討厭那什麼、最後陪伴的也只是剛好出現的，那種說法。」夏城不悅地說：「如果我只是個『剛好出現的』呢？」

There is a boy in the corner of a coffee shop.

He's got his eyes fixed on the screen.

He's taking pictures of his empty cup like.

It's the cover of a magazine.

街頭藝人持續彈唱著，關於一位咖啡館角落裡的男孩，是如何拍下他的空杯子，拍得像是雜誌封面那樣好看。

And it's alright, everybody's on their own.

Pretending everything's fine.

夏城就像個一直完善空杯子的人，他有一個被他琢磨到近乎完美的空杯子，像有一顆預備很久很久的空心臟，準備用來裝滿一個人。他假裝自己沒那麼在乎能不能遇見那個人，進入他的心臟，理解他每一句話的含意，與每一次心跳的意義。他假裝一切都很好。

直到遇見了胡巧巧。

「妳害我變得很貪婪，妳知道嗎？」夏城覺得此刻的自己一團糟。因為有了期許，就有了鬼魅。夏城雙手握著巧巧的肩，傾身將額心放上了巧巧的肩頸。他說：「作家卡夫卡說過，所謂的寫信與等待回信，事實上是將自己坦露在飢餓的黑影前。」

所謂的寫信與等待回信，事實上是將自己坦露於飢餓的黑影前。

當文字的親吻無法抵達，只會被黑影蠶食，豐盛的食物讓黑影溫飽而繁殖。

那些影子將永遠填飽肚子。

我們卻將消逝。

所以。

「我想卡夫卡在說寄信，卻不是在說寄信。他說的是餵養鬼魅的事。」有些脫力的夏城伏在巧巧的肩上，低聲說：「寄信可怕的地方在於，我們在寄出的時候期待回信，那和付出努力就期待收穫是一樣的。」

「所以鬼魅依附在期待上，只會被餵養得越來越龐大。」夏城說：「任何事情的努力都可以像一封一封的信，人會開始害怕信能不能寄到，我會收到回信嗎？什麼時候會收到？回信裡會是我想看到的內容嗎？如果不是怎麼辦？這些盼望都會變成恐懼，被吞進那些卡夫卡所說的黑影裡。」

巧巧聽著，思索了下。「那些……鬼魅嗎？」

「對，因為當一封一封文字無法抵達，就像那些付出和一次一次的努力無法傳達的時候，沒辦法獲得同樣分量的回報的時候，人會開始怨恨，這些情緒都會變成餵養鬼魅的東西。期待收到回信卻沒有收到回信的人，就像期待回報，卻沒得到等值結果的人，都會難以避免地變成痛苦的人。我想卡夫卡是這個意思。」

夏城說話時的吐息溫熱地散在巧巧頸邊，巧巧壓低視線，終於明白夏城內心的恐懼。她何嘗不害怕這一段感情的去留。畢竟。

畢竟這世上再也找不到夏城這樣的人。

——如果我要離開，妳會不會等我回到妳身邊？

——我不會等你！

啊啊。

她可能知道，為什麼是那樣的答案了。

巧巧棕色的眼睛悄悄望向倚在自己肩上的夏城，微笑起來。耳邊是夏城還在說著的溫潤嗓音。

「我知道付出的本質不應該是期待回報。像是在工作上幫助過那麼多人，我從來也沒想過從他們那裡得到什麼。我一直做得很好。」夏城抬起臉，柔韌的唇瓣附上巧巧的耳邊，無奈地笑道：「直到我有了妳。」

我有了妳。
夏城直起身，幽黑的眸子深深地望入巧巧的雙眼。
「妳讓我第一次有了得失心。在我的人生裡，我最喜歡妳。我希望妳對我也是一樣的。我期待從妳那裡拿到同等分量的感情。」
夏城說著，然後想了一想，非常認真地蹙眉補充：
「就大概是全部。那個分量。」
夏城的一句話，讓巧巧終究忍不住笑出了聲。巧巧抬頭望著那一副映上街邊耶誕燈的黑色眼睛，裡頭的色彩濃郁，卻不是因為彩燈。
巧巧欣賞著他眼中的、她的倒影，隻手撫上了夏城的臉。
「你是個知識庫，所以我也用這個方式告訴你一件事吧。」她滿眼笑意地告訴夏城。「你聽過鄧巴數字理論嗎？」
夏城正經地頷首。「我知道，一百五十定律，人類學家羅賓・鄧巴指出以人類的智力而言，能維持穩定人際關係的人數上限大約是一百五十人。」
「對，完全正確。」巧巧又像搓狗一樣搓了搓夏城額前的髮，笑道：「得知這個數據，我覺得要解釋你剛剛說過的『剛好出現』，剩下的，就只是數學題了。」
——我一直很討厭那什麼、最後陪伴的也只是剛好出現的，那種說法。

——如果我只是個「剛好出現的」呢？

「無所謂人一輩子會遇上多少人。」巧巧說：「一百五十人之外的人，已經不是你想見的人。一百五十人當中，又有多少只是對你來說『有用』的人？」

刪刪，減減。

「在遠遠少於一百五十個人的人當中，人要挑選一個，作為最後的陪伴。所以『剛好出現』，姑且就說一個人是要打敗全世界的人，還要算準時間，才能站到你身邊。」巧巧看進夏城的眼底，笑彎雙眼地說道：「你有了我。你站到了我身邊。你還有什麼好擔心的？」

夏城聽著似乎有些欲言又止，巧巧又笑了。

「我也不喜歡那句話。什麼最後陪伴的，只是剛好出現的。」她說：「那不只把『對的人』的功勞給了『對的時間』，還把『對的時間』說得輕描淡寫，好像要對到人和時間都 a piece of cake 一樣。還有更奇怪的。在英文諺語中，cake 經常代表美好的事物。據說以前比賽獲得勝利的人，才可以吃蛋糕。但這個時代的 a piece of cake，卻引申成了輕而易舉。」

巧巧慧黠地轉動眼睛，聳了下肩。

「像是剛好出現，變成一塊蛋糕一樣簡單的事情。」她又一次定睛於夏城，定定地說：「剛好出現，卻該是只有比賽獲勝的人，才可以得到的蛋糕。」

所以。

「所以你能懂我的意思嗎？我不知道你怎麼解讀剛好出現，你可能覺得『剛好出現的』，就是在說比不上那些『錯過的』或『曾經的』，可是我不這樣覺得。『剛好出現的』正是贏過那些『錯過的』或『曾經的』。」

巧巧說著，踮腳吻上了夏城。

她雙手攬著夏城的頸背，唇與唇摩擦著繾綣的熱度。

夏城對巧巧突然的主動有些意外，稍稍睜大了眼。只見巧巧放下腳跟的同時低下了臉。

Do do do do you want me to.
Spend some time sitting next to you?
Do do do do you wonder why.
Is there more than meets.
Is there more than meets the eye?

隨著音律傳來的、街頭藝人的歌聲唱著，你希不希望我花一些時間坐在你身邊，你會不會也在猜忖為什麼，我們之間的交會，能比眼睛看見的，還要更多。

巧巧聽著那一道歌詞，咧開了笑靨。她直勾勾地看著夏城的雙眼，像看進夏城有些不安的內心。

「我們的交會，不只眼睛。」她說：「你很清楚。你只是不確定我是不是也有一樣的感覺。這種，只有我們在一起才有的感覺。我不知道怎麼告訴你，我有多喜歡你。也不知道用什麼方法才能證明我愛你比曾經愛任何人都要多。我沒有你那麼聰明的腦袋，可是我可能可以試著告訴你答案了。」

——所謂的醞釀效應。

——他們說，把難題放在一邊，放上一段時間，妳自然會得到答案。

巧巧雙手抓上夏城的外套領口，將夏城的臉扯近一些。她的嗓音像是準備說出有著美麗音階的密語，她看著他，說出他曾說過的，阿基米德的醞釀效應。

「阿基米德的醞釀效應。」

「什麼？」

夏城ＩＱ再高也沒抓到胡巧巧跳躍的思緒，怔了一秒。

巧巧愉快地笑起來，鼻尖蹭過他的鼻尖。

「記得嗎？醞釀效應。那真的有用。我已經知道如果你離開我，為什麼我不會等你了。」巧巧說：「卡夫卡說得對。寄信最可怕的地方，就是期待回信。」

期待，便是得失心的開始。

「並不是我會等他，不會等你，就是我對你比較無所謂。而是你如果要離開我，我沒辦法承擔你可能不會再回來的這件事。我可以等不到江楠，可是我沒辦法等不到你。」巧巧雙手一扯，前額靠上了被她扯得低頭的、夏城發燙的額心，她低聲，慎重地說道：「所以如果你要離開我，就不要給我希望。不要讓我以為我還會等到你。」

要殺，就不要留一口氣給我。

因為是你，所以不要讓我期待收到回信，不要讓我的等待有希望，否則這一輩子——

「否則這一輩子，我都會等著你。」

巧巧不知怎地說著的時候忽地哭了，卻又笑著。

她垂視著彼此相對的鞋尖，落下淚時說道：「我說過了，我是一個不擇手段的人。就像為了趕走你的前女友，我可以旁敲側擊地扭曲她的觀念——」

「吭？我前女友？」

夏城聽著忽然就狀況外了，巧巧沒理會，繼續說著。

「可是當年江楠要離開，我分明有證據能夠讓他別去結那場婚，我卻沒那麼做。不是我善良，而是因為我沒那麼執著地要他留下，就像我沒那麼執著地要等到他。」

胡巧巧是一個不擇手段的人。

她提起眼眸，帶淚的眼神一下子變得幽暗。夏城近距離看著她這副模樣，不由得漏了一拍心跳。她側過臉，在夏城耳側深沉地撩起嘴角，酣沉著嗓子，緩緩說道：「我為了達成目的，什麼都做得出來。」

可是。

「可是我愛你，所以你要走，我會放你走的，姚夏城。我會放過你。但請你不要誤會。」她以幾近氣音的清冷語調，微笑地道：「這和以往完全不同。不是不夠執著，所以放你離開我。而是基於我愛你，勝過愛我自己。」

巧巧鬆開他的衣領，一雙明亮的圓眼睛瞅著夏城有些恍惚的雙眼。

她壓低下頷，隻手抹了抹淚水，狡黠地抿出一弧笑。

她說：「誰要你愛我，勝過我愛我呢。」

夏城這下又愣了。「什麼意思？」

「還記得你問過我的嗎？我們第一次見面那天，我沒拆的那兩個包裹裡裝得是什麼。」巧巧笑道：「就是那天你在我家裡看見的、其中兩個古董玩具屋。」

夏城聽著，立刻回想起那天排放在她電視櫃上的袖珍玩具。

這時，一旁百貨公司門頂上的小小世界時鐘響起整點報時音樂，那童話般的旋律引得巧巧與夏城同時望過去。只見由二十五塊方塊組成的黑底金字時鐘，開始一塊塊翻轉面板，轉出一個個代表各國文化的玩具娃娃。

夏城從不覺得那是孩子的玩意兒。

他說：「我還是第一次親眼看到整點報時。」

巧巧溼潤的鼻腔深深吸氣，她抹乾臉上的餘淚，告訴夏城：「我看過好幾百遍了。」

夏城點點頭。「每個玩偶都展現一個國家的文化。設計得很不錯。」

風吹過來。

巧巧垂下眼簾，想起自己是個如何複雜卻又簡單的人，她低聲地說：「我很喜歡這種東西。大家都說我是一個從小就很知道怎麼跟人相處的人，大人都說我早熟，都說我的應對進退讓他們很省心。可是我其實就像個長不大的人，我其實寧願一個人待著，和這種東西一起待著。我喜歡這些簡單的玩具。你見過我躲在樓梯間拆玩具盲袋，你應該就知道了。」

「我知道。妳當時看起來很自在。」

「我一直都很會猜人在想什麼，可怕的是，我通常都會猜對。運用得好，我的人生基本上就是順風順水。但其實這一切都很可怕。面對的人有多複雜，我就得多複雜。人想要的東西總是太多了，那些藏在和平底下的意圖，不會像你一樣善良。」巧巧無奈地笑。「所以在遇見你以前，我喜歡一個人待著，但一個人偶爾還是有點乏味的，所以我找來了很多，很多沒有生命的夥伴。」

「那些玩具嗎？」

「不然我養小鬼嗎？」巧巧笑著瞪過去一眼。「所有的玩具都很簡單。和玩具在一起，我才能真的放鬆下來。」

夏城望著巧巧逐漸柔和下來的神韻，由衷地說：「我很喜歡妳的那些古董玩具。我覺得那些都是值得收藏的，有文化，有歲月底蘊的東西。我是認真這麼想的。我很高興妳終於告訴我那天妳拆的包裹裡裝的是什麼了。」

接著夏城說，既然——

「既然妳都說到我們第一次見面那天了。有件事我想告訴妳。」他說：「那天我在餐廳裡看見妳藉口閃人，我就忍不住一路跟著妳，發現妳去了玩具店，買了東西，又獨自坐在公司裡的樓梯間，就像妳剛才說的，妳一個人待著，享受妳一個人的世界。」

「妳自得其樂，看上去很好，有時我會想起妳那時候的臉，那麼滿足。我很喜歡那時候的妳。我很喜歡那些讓妳快樂的東西。我不知道妳為什麼要害怕被別人知道妳喜歡那些東西。我是指，那些很不錯的玩具。」

「我說過了，因為跟我的人設不符呀。」

「人設？」

「人物設定。啊，算了，forget it。」巧巧半舉一隻手掌制止這個話題，接著說：「說穿了我這其實是不夠愛原本的我自己，我心底有一塊，打根本就是覺得我原本的樣子不夠成熟。愛看漫畫、收集玩具，這些都很不——嗯。」

「很不什麼？為什麼自己消音？」

「就、很不——那什麼、成熟？性感？之類的。」

巧巧說到這有些彆扭了，夏城卻聽得停頓一秒，忽地笑出聲來。這反應讓巧巧更僵硬了。

「什……這有什麼好笑？就是覺得自己喜歡小孩子氣的東西，比較沒有魅力啊，就比較不——好了喔，你夠了喔。」

巧巧瞪著還在笑的夏城，而夏城只是禁不住笑著一把抱上了巧巧。他的雙手緊緊扣在她的腰背，一張臉埋在她的髮間，深深呼吸如汲取著她柔軟的香味。

他湊在她的腦袋邊，用著渾厚好聽的聲音說：「妳是最性感的，需要我現在把妳帶回家證明嗎？」

巧巧聽著，一瞬間臉就熱了。

「不是、我的重點是……是那個、愛我，我是說、你愛我……」她滿腦子閃現他們同居時每夜的活塞運動，竟就赧然到話都說不好了。她努力深呼吸調整吐息，順便調整腦內需要打馬賽克的篇幅，試圖鎮定地拉回重點解釋：「我是說、你愛我，勝過我愛我。就連那些、我都不喜歡我的地方，你都一起愛了。對於這樣的你，我怎麼可能不夠愛。你稍微換位思考一下就會明白……」

她不知道她說得夠不夠清楚，她戰戰兢兢地抬首，視線突然就撞進了夏城飽含笑意的一對深邃眼睛。

夏城低頭輕吻了她的眉心。

「我明白。」他輕聲地說：「我明白了。」

夏城內心沒底的一塊，砰地消除了。

不會說謊的夏城，並不擅長察言觀色。

不會說謊的夏城，本不是沒有表情的人。

不會說謊的夏城，更不是沒有情緒，平淡無伏的人。

可是人生的路太長了。他這樣的人，要懂得察言觀色，收起表情，讓自己沒有想要的，才可以成為一個淡漠、適合生存的人。

然後他遇到了一個人。

在夏城練習察言觀色的時候，他觀察到了一個相當會生存的人，他觀察到一個相當會生存的人一緊張，就會把手蓋在自己一側頸邊。

於是他發現了，這個那麼會生存的人，也有弱點。

而這個跟自己一樣有弱點的人，曾在一個隔音不好的茶水間替他說話了，像是一個會死掉的超級英雄，還是願意為了一個小老百姓出拳。

於是，在一個麵包店裡，當一樣有弱點的夏城看見她焦慮地把手蓋上頸邊，彷彿看見了求救信號，在那裡的夏城沒有遲疑，立刻決定也要作為一個會死掉的超級英雄，幫助這一個、其實沒有那麼無所畏懼的女孩。

然後——

夏城心想著這一切，輕綿的吻不住落下，巧巧被親得有些微醺。

然後。

「我在妳面前鬆懈了。」夏城低低地笑。「稍微換位思考我就會明白的，我明白了。」

有一天，想要當好一個英雄的姚夏城，在胡巧巧的面前鬆懈了。

——你們還有聯絡？

——沒聯絡他還指定由妳操刀，那肯定是對妳念念不忘了。

夏城在得知江楠的存在後，第一次對胡巧巧陰陽怪氣起來。當時巧巧緊張地語無倫次，一隻手蓋上自己的頸邊搔抓，而夏城在樓梯間一把揪住了巧巧搔著脖子的手，將她按上了牆。

——不許抓。

「我在妳面前，開始變成原本的我，那個帶有情緒，動不動任性起來的，那個不太妙的我。」夏城無可奈何地笑道：「可是——」

——我不可能放手！

「可是妳沒想放手。」夏城的嗓音愉悅，他看著懷裡的巧巧，彎著眼睛笑。

「妳剛才是怎麼說的？就連那些、我都不喜歡我的地方，你都一起愛了？妳說對了，我確實愛了原本的妳。我感覺妳也是一樣的。我希望妳也是一樣的。」

巧巧聽著，一下子確定了。

他們確實是半斤八兩，彼此彼此。

胡巧巧提眸望著含笑的夏城，姣好的臉蛋笑開了花。那一雙棕色的杏眼像沾上了光點。她把視線給了誰，誰就是她的光。

而這一刻，她知道她找到了一個不會熄滅的光源。

在百貨公司的世界鐘，與街頭藝人的吉他聲漸漸微弱的時候，巧巧闔上了雙眼，深深呼吸。空氣裡有夏城乾燥的氣味，像是晒過暖陽的棉被。

她抽過無數個盲袋，結果抽中了一個像是棉被的，溫暖的人。而這個溫暖的人，剛好也抽中了她。

「你知道嗎，夏城。」巧巧睜開眼睛，望著夏城溫柔得一塌糊塗的雙眼。她說：「有時你讓我想到國王派。」

夏城笑起來。「國王派？法國的國王派嗎？」

「對，法國人會在特定節日聚在一起吃國王派，吃到派裡的小瓷偶，就是幸運的國王。國王一整年都會順利，還可以在現場指定一位王后，要求對方完成一個任務。」

「我聽過這個傳統。」

「有時我覺得，國王派也算是一種盲袋。你就像在全世界面前抽到派裡的小瓷偶，然後你毫不猶豫地指定我，希望我做到我本來就會做的事情。例如愛你。原本的你。」巧巧笑道：「我覺得這才是『剛好出現』更好的定義。」

吃到瓷偶的幸運兒剛好出現了。

「你剛好出現了。」巧巧笑著，雙手在夏城頭上擺放了一只看不見的皇冠，滿足地告訴他。「你戴上皇冠，然後命令一個剛好出現的我，得到幸福。」

夏城聽著，不由得摟緊了巧巧，低頭看見巧巧露出他見過最粲然的笑。

夏城沉著如摻了砂糖的嗓音說道：「滿分。」

巧巧笑著歪了下頭。「什麼？」

夏城的食指在嘴前劃出一道U形弧線。

他說：「妳現在的笑。真的在笑。」

胡巧巧這下聽懂了，發出了連綿好聽的笑聲。她忽地退遠了一步，朝夏城伸出一隻手。

「你好，我是真的有在笑的胡巧巧。叫我巧巧就可以了。」一如初見，她精神飽滿地說道：「有什麼需要幫忙的地方，都可以問我喔。」

而這會兒，夏城勾起一側嘴角，握上了她的手。

「好。」他說：「我這一輩子都需要。」

——全文完

# 誰比我愛我

*So you're the one.*

作　　者／夢若妍
執 行 長／陳君平
榮譽發行人／黃鎮隆
協　　理／洪琇菁
總 編 輯／呂尚燁
執 行 編 輯／陳昭燕
美 術 監 製／沙雲佩
美 術 編 輯／陳姿學
國 際 版 權／黃令歡、高子甯
文 字 校 對／施亞蒨
內 文 排 版／謝青秀

國家圖書館出版品預行編目資料

誰比我愛我 / 夢若妍作 . -- 1 版 . -- 臺北市：城邦文化事業股份有限公司尖端出版：英屬蓋曼群島商家庭傳媒股份有限公司城邦分公司尖端出版發行, 2023.11
面；　公分
ISBN 978-626-377-051-5（平裝）

863.57　　112013674

出版／城邦文化事業股份有限公司　尖端出版
台北市 104 中山區民生東路二段 141 號 10 樓
電話：（02）2500-7600　傳真：（02）2500-2683
讀者服務信箱：7novels@mail2.spp.com.tw
發行／英屬蓋曼群島商家庭傳媒股份有限公司城邦分公司　尖端出版
台北市 104 中山區民生東路二段 141 號 10 樓
電話：（02）2500-7600　傳真：（02）2500-1979
劃撥專線：（03）312-4212
戶名：英屬蓋曼群島商家庭傳媒（股）公司城邦分公司
劃撥帳號：50003021
※ 劃撥金額未滿 500 元，請加付掛號郵資 50 元
法律顧問／王子文律師　元禾法律事務所　台北市羅斯福路三段 37 號 15 樓

台灣地區總經銷／中彰投以北（含宜花東）　楨彥有限公司
電話：（02）8919-3369　　傳真：（02）8914-5524
雲嘉以南　威信圖書有限公司
（嘉義公司）電話：（05）233-3852　　傳真：（05）233-3863
（高雄公司）電話：（07）373-0079　　傳真：（07）373-0087
馬新地區總經銷／城邦（馬新）出版集團 Cite（M）Sdn Bhd
電話：603-9057-8822　　傳真：603-9057-6622
E-mail：cite@cite.com.my
香港地區總經銷／城邦（香港）出版集團 Cite（H.K.）Publishing Group Limited
電話：852-2508-6231　　傳真：852-2578-9337
E-mail：hkcite@biznetvigator.com

版　次／ 2023 年 11 月 1 版 1 刷　Printed in Taiwan